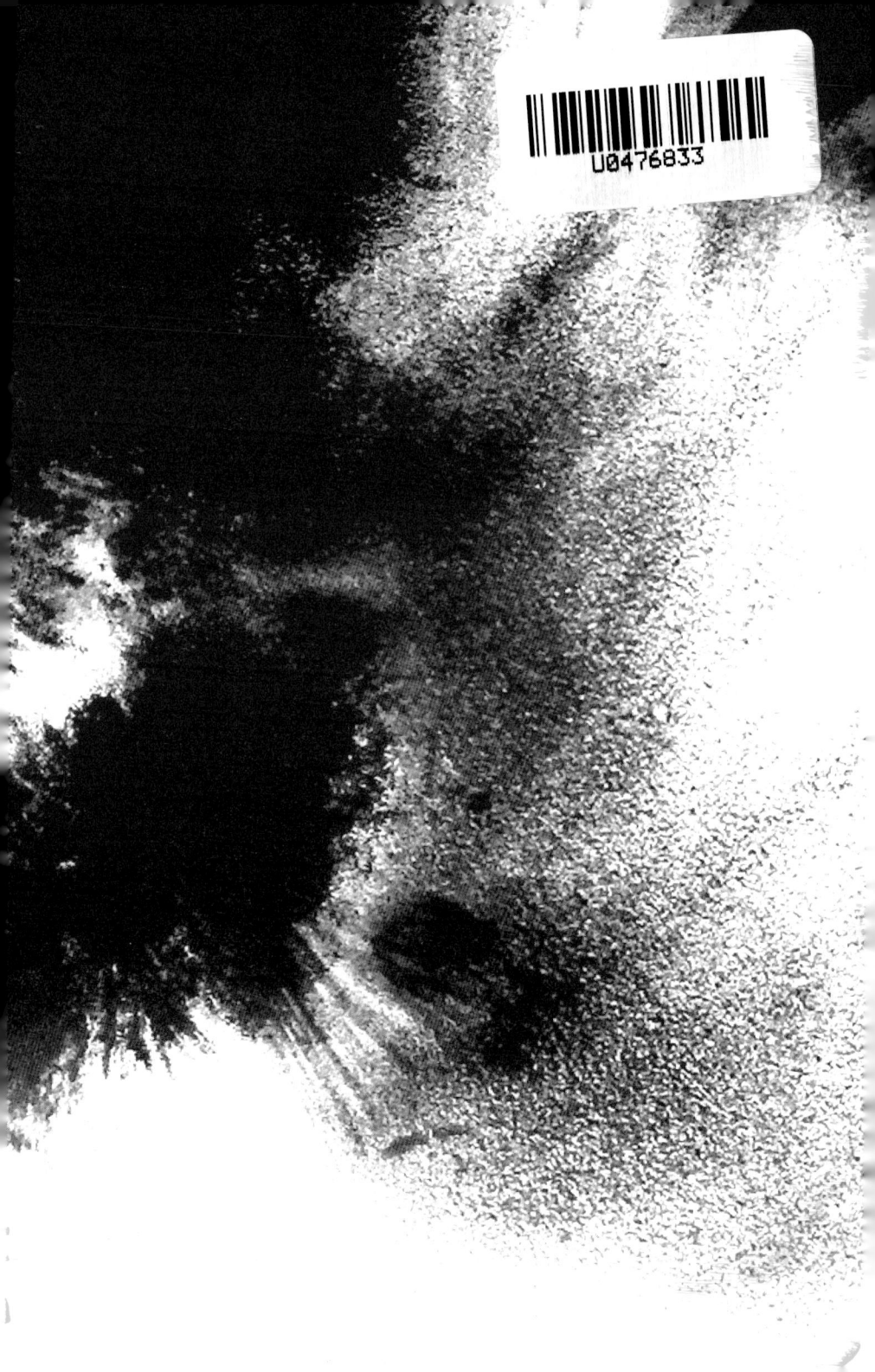

青野LOFT营造手记

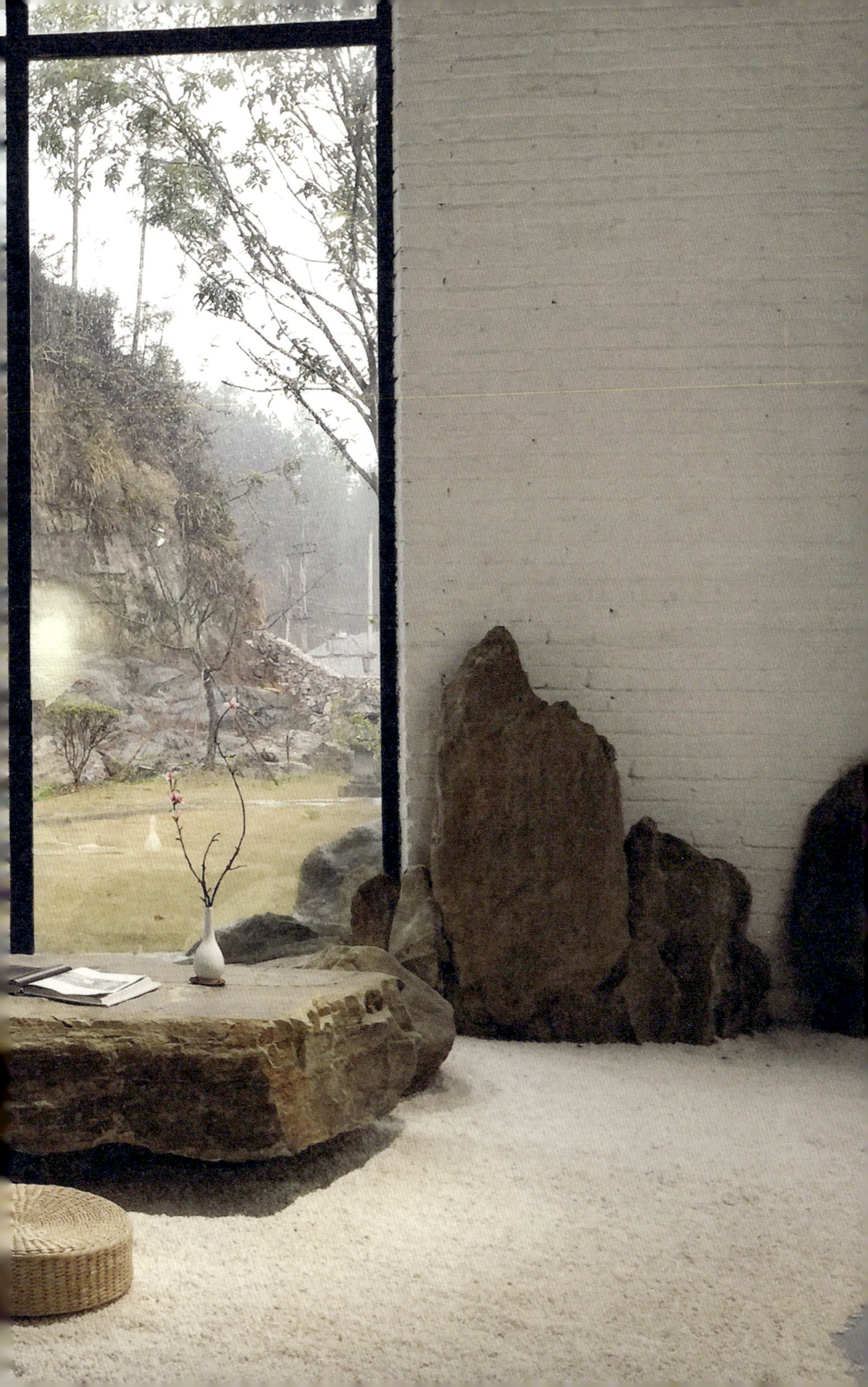

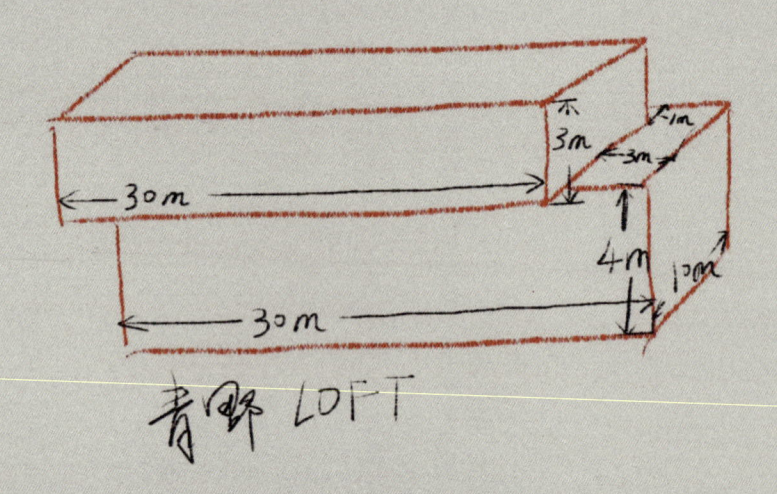

青野 LOFT

快活时杀酒杀肉杀哥们的时间和妹子的容颜

平静处观叶观花观鸟鸣的空气与内心的自在

昚山空

青野LOFT营造手记

周墙/著

时代文艺出版社

图书在版编目（CIP）数据

春山空——青野LOFT营造手记/周墙著. -- 长春 :时代文艺出版社, 2017.2
ISBN 978-7-5387-5325-7

Ⅰ.①春… Ⅱ.①周… Ⅲ.①散文集 – 中国 – 当代Ⅳ.①I267

中国版本图书馆CIP数据核字(2016)第270253号

出 品 人　陈 琛
产品总监　郭力家
责任编辑　刘 兮
策　　划　万 夏
监　　制　黄 利　万 夏
丛书主编　郎世溟
特约编辑　黄博文　张晓霞
装帧设计　紫图图书ZITO
插　　图　干道甫
摄　　影　彭前程

本书著作权、版式和装帧设计受国际版权公约和中华人民共和国著作权法保护
本书所有文字、图片和示意图等专有使用权为时代文艺出版社所有
未事先获得时代文艺出版社许可
本书的任何部分不得以图表、电子、影印、缩拍、录音和其他任何手段
进行复制和转载，违者必究

春山空——青野LOFT营造手记

周墙 著

出版发行 / 时代文艺出版社
地址 / 长春市泰来街1825号　时代文艺出版社　邮编 / 130011
总编办 / 0431-86012927　发行部 / 0431-86012957　北京开发部 / 010-63108163
官方微博 / weibo.com/tlapress　天猫旗舰店 / sdwycbsgf.tmall.com
印刷 / 北京瑞禾彩色印刷有限公司
开本 / 880毫米×1230毫米　1 / 32　字数 / 165千字　印张 / 9
版次 / 2025年6月第2版　印次 / 2025年6月第1次印刷　定价 / 68.00元

图书如有印装错误　请寄回印厂调换

序言 PREFACE
眷山空

周墙造园，可以算是生命旅程中大动作的意淫。周墙写造园手记，也可以算是他人生旅途中的随意记录。我认为，周墙的玩世生活才是他真正、正在大书特书的人生手记。当然，在这部手记里，人生的痛苦和快乐也全都是顺便的、随意的。

2007年，我和默默、赵野在云南香格里拉整乡村客栈，闲下来斗地主三缺一，我顺手打了个电话给周墙，问他来不来香格里拉吃牦牛头火锅、喝青稞酒、斗地主。他说，好。

次日，便飞了过来。

那时他刚学会斗地主，手艺很苶。四个老炮儿诗人开着我的老吉普，在云南在路上，还是喝酒、吃肉、斗地主。记得那时周墙说过：写诗不重要，重要的是生命如诗。

青野是归园之后周墙的又一个园林建筑，他的营造可能还会继续，或者就此打住。我认为，这些都只是周墙的人生小稿而已，周墙的诗意的存在才是他的作品。这些园子只不过是周墙诗歌的实物，是盛装他诗意人生的器物罢了，周墙的贪玩和诗意生活却在旅程和杯盏中随时丈量着生命的大器。他的吃喝玩乐可以是一场游戏，也可以是一个故事；可以是文化，也可以是神话。

有一首阿拉伯古诗描绘了一幅亘古不变的人生景象：

天地是我们旅行途中的旅馆昼夜是我们进进出出的门户

我们遇见了无数的苏丹、财富和荣耀住不了多时，一切又都匆匆离去

周墙的《春山空——青野LOFT营造手记》，正是对人生旅程的分层定格，是他用诗性和自由意识对岁月的无常和有常的关照；他的园子回溯了往昔，又伸进了今天。而青野对于周墙则是简单的水云清隐、泥禅问道的场所。

是的，青野关门可容下一场相聚，开门即可放走一场别离；是的，今天也是昨天，燕子的呢喃，鱼的呼吸，何尝又不是昨天或今后我们见到的呢？云烟，朝代，大地上，书写中，唯有顽童最知道时光之母的方位。

李亚伟
2016年秋于西双版纳

目录 CONTENTS

春 山 空

1. 停下来，细看风景...001
2. 花开在空间，蝴蝶飞过时间.................................006
3. 九间房...008
4. 简单的空间，自然的青野.....................................010
5. 旧梦得拾...016
6. 卜居..018
7. 我想要简约的空间...022
8. 恰好神路过秋闲的青花山庄.................................024
9. 营造一种生活方式...028
10. 日月清明的山谷...030
11. 建筑是凝固的音乐...034

12. 青野山人 036

13. 我想给室内制造些危险的场所 038

14. 空间是奢侈的 040

15. 记忆之美,一树雪花 044

16. 半分禅房 046

17. 我得起身走了 050

18. 引泉入室 054

19. 宁静的旅舍 056

20. 离现实很远,离古人很近 058

21. 饭碗是菩萨 060

22. 窗户是建筑的眼睛 066

23. 停下来也好 070

24. 迷恋和体验 072

25. 冰蓝公社 074

26. 好建筑是自然的一部分 080

27. 清风明月都被我设计了 082

28. 水在江湖,云在天 084

29. 营造氛围 086

30. 门为建筑之脸 090

31. 光阴还在旧的斑驳里 094

32. 古月潭 096

33. 风景太美以至风景里的人慵懒 098

34. 翻山越岭的工作台 ... 102

35. 春天，花开在石上 ... 104

36. 光阴是用来虚度的 ... 108

37. 大火 ... 110

38. 阳台 ... 112

39. 一院枯荣 ... 114

40. 虎皮墙 ... 116

41. 花开鸟鸣，美人何在 ... 118

42. 猪栏三吧 ... 122

43. 书架 ... 124

44. 为什么叫青野 ... 126

45. 清水混凝土 ... 130

46. 停住才是目的地 ... 132

47. 枯山水 ... 134

48. 窗内窗外，诗意交替 ... 136

49. 人和自然共享静谧与光明 ... 138

50. 每一个建筑师都必须是诗人 ... 140

51. 我听到时间飘落的声音 ... 142

52. 一地鲜花是青野唯一可以打扫的垃圾 ... 146

53. 诗意空间 ... 150

54. 打个盹 ... 152

55. 月影里，与鱼儿推杯换盏 ... 154

56. 出乎意料的惊喜 156

57. 断离舍 158

58. 院墙 160

59. 待茶喝完，青野就老了 162

60. 禅诗 164

61. 流而 166

62. 生活总有些遗憾，时间会把它酿成酒 170

63. 食色空间 172

64. 朋友是最好的下酒菜 174

65. 如一盏好茶 176

66. 等闲之辈 180

67. 线条流畅清爽 182

68. 水泥地情结 184

69. 春山茶香　青野缄默 188

70. 有故事的建筑 190

71. 烟雨之外 192

72. 母亲·桂花 194

73. 青野生活是自在的 196

74. 看浪漫春光如海 198

75. 自然是我的宗教 200

76. 最喜山雨来临 204

77. 谁向石门看晚晖？ 206

78. 快活时……..........................210

79. 美得伤心..........................214

80. 向自然山水致敬..........................216

81. 一念心起：吃茶去..........................218

82. 引泉入室..........................220

83. 胖子快殁..........................222

84. 宜睡、宜游、宜发呆..........................224

85. 不如无意义..........................226

86. 静静地坐忘..........................228

87. 与我同饮一壶飘雪..........................230

88. 水云清隐的生活从此开始..........................232

89. 想起一生中后悔的事，梅花便落满南山..........................234

90. 我看见七个月亮..........................238

91. 逍窑..........................244

92. 逃逸之鱼..........................246

93. 主人是庭院的灵魂..........................248

94. 醉卧青野，心存明月..........................252

95. 趣味主义..........................254

96. 谁说渺小的栖居不是伟大建筑..........................260

97. 饮茶、清谈、晒太阳..........................264

98. 安静下来..........................266

99. 生命是野的，爱是野的，青野是野的..........................270

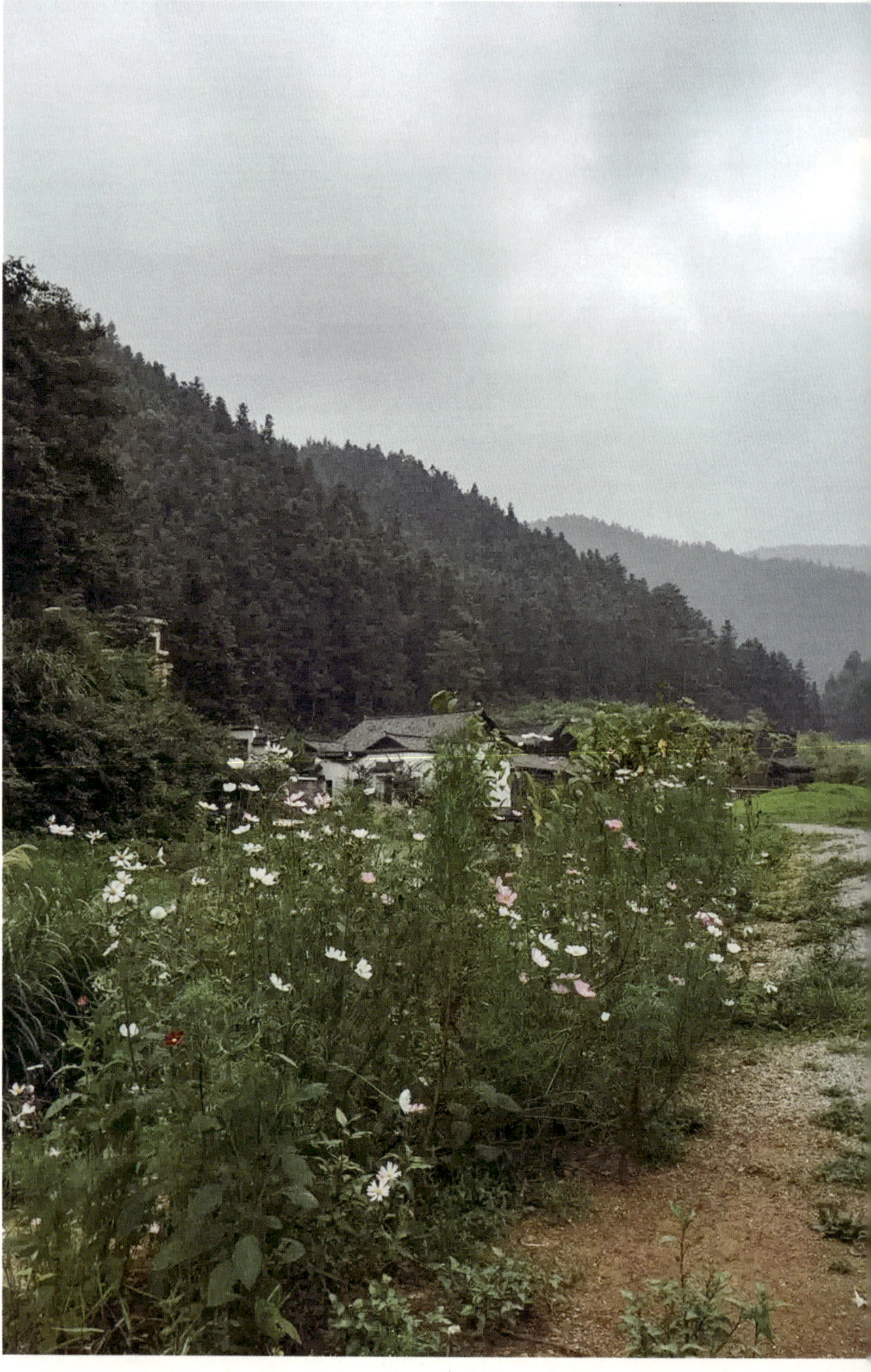

1 停下来，细看风景

2011年9月1日，星期四

2011年，归园的春夜和平常一样，归波楼外山川寂静，园亭里我听见燕的呢喃、鱼的呼吸、柳条抽青的声音。

风吹门开，青衣女子施施而至，如清晨含露的栀子花。她凭空画了个卍字形状建筑，水袖一挥将我卷了进去。灿烂阳光里我看见山谷，溪流，树木，还有她浅笑的黑眼睛、白牙齿。云雾中弥漫莫名其妙的气象……

醒来，春梦了无痕。

偶然的机缘，来景德镇玩泥巴十多年，这是我谋生除外，做得最久的无益之事。更久的是写诗。

不为无益之事，何以悦有涯之生？

本以为兴之所至玩玩便走，渐渐玩出瘾头来。

几年前放弃惨淡经营，拍拍兜里的银子，差不多余生无忧，方举家从上海迁往北京，下定决心从此不为稻粱谋，要过脚踩西瓜皮——滑到哪儿是哪儿的随意生活。

我直奔北京的各种酒局，享受新朋旧友聚啸在瓢泼大酒夜色里的快意，从饭桌喝到夜店，再转战保利门外地摊老李烤串或黄门火锅。直接把日月喝翻过来。

定居上海十几年，说再见并不容易，要好的上海朋友责问我为什么弃沪从京，想来想去唯一的理由是，上海晚上十点后很难有人与我撒欢共饮，男人们早已乖乖地回到阿拉屋里，演奏锅碗瓢盆交响曲后在屋内涉足诗和远方。北京即便深夜在朋友圈吆喝一声，定然会有牛鬼蛇神闻酒风而至，把天光一点点喝亮起来。

二年大酒小酒，终于把朋友们喝进办公室，喝回买进卖出和劳资关系的山穷水复里，只剩望京一隅的黄珂还雷打不动，十年如一日操办着流水席,随时等我去与他喝酒、斗地主。

忽一日心痒痒,念及久违的景德镇、前村、老鸦滩、三宝,一起砸黄泥炮的冰蓝公社兄弟们。回家收拾背包,离开雾霾深重的北京,途中满脑子想,我必须在景德镇有个待得住的窝儿,属于自己的场所!

日有所思,夜有所梦。归园春梦的诱因如是。

仲秋的午饭后,我和干道甫散步于清静的三宝,阳光正好,和风顺畅,山谷时闻鸟鸣啾啾。我说我的归园清梦,说想在三宝营造工作室。

阿干最懂我,他说前面有个清代的老宅子,可以去看看。老宅子处在杂乱的民居间,视野不开阔,我兴趣索然。

我们继续往山里走,村舍渐渐稀少,走过流水欢快的小桥,转一个弯,仅仅转个弯,豁然开朗,满眼田畴、溪流、村舍,远看山峦重叠。右手的路边有一排红砖平房,抬头看见房顶上的山谷里,一群青壮的大树间气象涌动,似乎有高士盘桓其中,房左手边近二十米高的石壁峭立,勾起我凌空挥毫、银钩铁画的冲动。

就是它了。

我们像偷了别人宝贝似的匆匆离开,直到青花山庄还心神未定,我对干道甫说:就是它了。

这条山谷属于三宝村,位于景德镇市区东南六公里,周围群山环抱、层峦叠翠,自宋代以来三宝的古瓷矿、古水碓、古窑业孕育了辉煌的湖田窑,是景德镇陶瓷的发祥地。

多年来,我和干道甫、朱迪、安锐勇四兄弟在被遗忘的山谷里合谋,成立中国第一个当代陶艺团体——冰蓝公社,过着禅茶不拘、撒尿和泥的松散日子。十里香初开的春天,或桂花烂漫的秋季,空气里满是清香,我老恍惚香味是否出自青花。

山谷里落户许多"景漂"艺术家,还有冰蓝公社兄弟,我决意在山谷深处营造工作室。

起名颇费心思,先定下一个"青"字,有道是:"雨过天青云破处,这般颜色做将来。"最早考虑建成卍字形夯土墙的庭园,取名"青墅",后去掉墅字里的土,命名为"青野loft"。

我要停在此处,停下来细看风景。

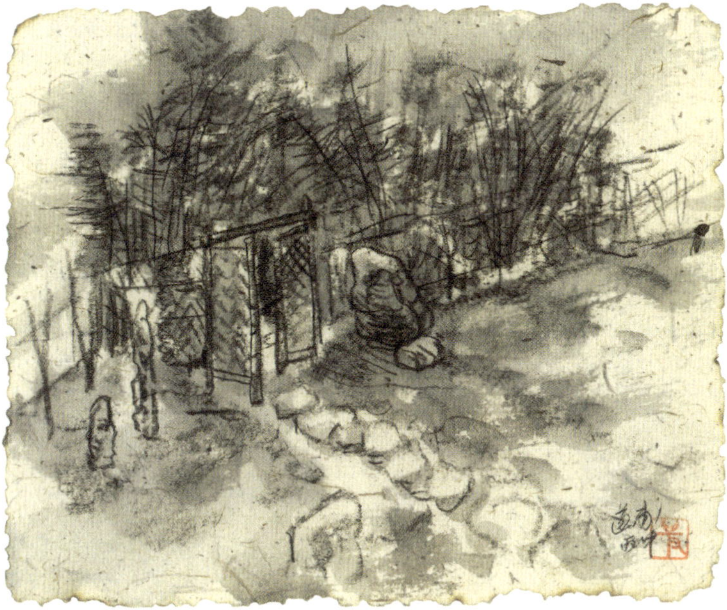

2 花开在空间
　　蝴蝶飞过时间

2011 年 9 月 5 日，星期一

　　打开谷歌地图，找到青野地理位置鸟瞰，反复放大缩小，青野地块的形状如飞鸟身上掉下一片羽毛，落在青翠的三宝，如诗：

青野，1

花开在空间

蝴蝶飞过时间

没有记忆的鱼，在陶罐上游弋

木樨香时

青野，下起雨来

3 九间房

2011年9月6日，星期二

春梦秋收运道实在是好。

今天在三宝村村主任饶金福的帮助下，受让我心心念念的枫树山林场遗留的九间危房。前后三天心想事成，我得意地睡着了又笑醒了。

红墙黛瓦有走廊，典型七十年代公家平房的式样，那年头谁家能住上这样一间砖瓦平房算混得非常体面。

小时候我全家五口只住一间二十五平方米公家分配的平房，姐姐和弟弟因此被送到江苏丹阳奶奶家寄养，直到1970年分到一间半房子，才把姐弟接回来读书，全家从此团聚。

九间房坐西朝东横在三宝的山坳里，后面山的名字就叫"后面山"，海拔二百米左右，山上乔木森然，松树居多，还有些不知名的大树，将来要逐渐搞清楚，搬家前先要知道邻居的名字。树下野花野草自由生长，那里是小动物的乐园。

屋前细瘦的道路静静地向山里蜿蜒，道路边平行着南北流

向使劲奔出山外的溪水。

屋对面的山也叫"对面山",附近还有"神草坞""六亩里""清水塘""杨梅亭""八股湾"等,起如此老实的地名,三宝祖先肯定是简单有趣的农民。

为了对得起三宝简单有趣的先人,我要在这里营造出简单有趣的青野 loft。

4 简单的空间，自然的青野

2011年9月8日，星期四

青野第一个概念草图，出自梦境，卍字形，如迷宫，梦境实现起来颇有难度。

第二个草图是我用手指画在 iPad 上的。两个长方体盒子错位叠加，就这么简单。后来我向别人描述青野建筑思路时常拿两个烟盒或两个手机叠起来。

只是简单来得并不简单。

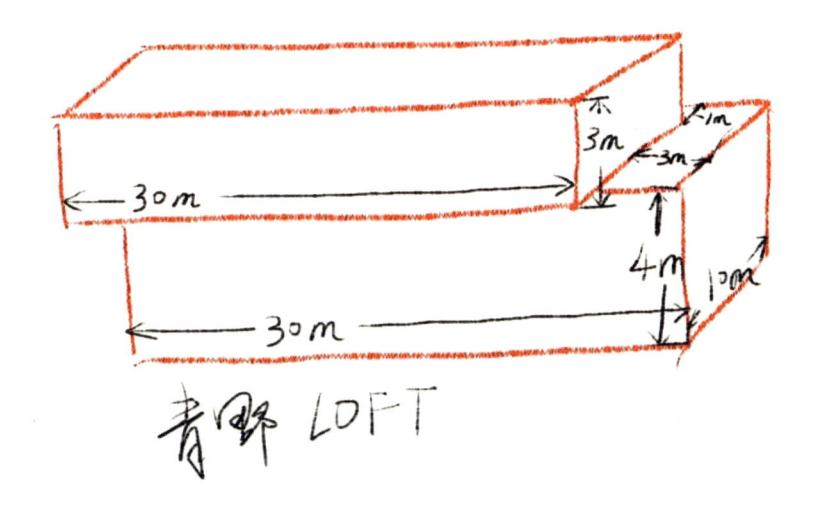

青野 LOFT

中国当代艺术家工作室大多是租废弃厂房或城市边缘村落的民房，由于国家政策土地管制的原因自建不多，没有什么可以借鉴参考的；国外有关工作室资料甚少，看得更少。尝试和几个建筑师探讨，结果越聊越专业，越复杂，越无聊。

小时候看农民盖房子，时间必选在农闲，整村的劳力都来帮忙，总会有一个能人负责吊线、把桩，土墙茅顶的屋子不出月余即在夯土墙的号子和花鼓小调中落成。

再用木板、竹篱笆隔出自家想要的空间，安住下来后，下地劳动之余捡石头垒个后院，畜养家禽，屋前栽桂花、栀子花、含笑、茉莉花，既芬芳了自己也可顺带几枝清香给城镇的亲戚朋友；屋后种几棵果树，果实下来拿去集市上卖掉，油盐酱醋就有着落了，每户农民都是自己家园的设计师。

因此宅园设计必须融入农耕文化，那是它的根本。

有个外国建筑师说过："建筑师不是生活家。"

意思是说建筑可以在生活之内也可以在生活之外。我不同意这说法，建筑是以人为本的场所，人所有动静都属于生活。

所有爱生活的人都可以是自己的建筑师，设计构筑自己的房子、爱情和生活的场景。

十年前我营造归园，那是非常繁复的经验，自古文人造园无非把所学的知识和向往的生活付诸现实。

归园营造涵有：叠山、理水、建筑、植物，山有峰、峦、沟、壑、壁、矶……水有溪、涧、瀑、潭、井……建筑有亭、台、楼、榭、阁、舫……植物有木本、藤本、草本……我用四年时间去了解，熟悉，营造，一本《园冶》被我翻得稀巴烂，梦里向王维、李渔讨教园亭，白天驾车千山万水只为寻找古旧的玩意儿，归置在园子里属于那玩意儿的地方，园子因此有了旧时光的掠影。

青野 Loft 将建在这条自北向南、开满阳光和野花的山谷，行在谷中犹如被美丽的村姑怀抱。

2004 年干道甫第一次带我进三宝村，春末夏初，清澈奔流的溪水边处处开着绿茎白花的十里香，清香让山谷充满醉人的气息。田园，农舍，鸡犬，炊烟，一切静悄悄地自在。我心生欢喜，好像很久以前来过这里，有如回归。

隐约意识到自己以往的建筑和园林经验在此没有太大用途。我的人生曾经冗繁无比，什么都想得到，欲望疯长成林，遮蔽了初心。

八十年代，在宣城师范操场上晒月亮的三个青年诗人，老丁、北魏和周墙约定，赚到五万元便进山隐居读书。很快我们都赚到了五万元，却没有停下，向"50000"后面更多个"0"狂奔而去，沉溺在欲望之海，山离我们越来越远。

年近不惑我幡然醒悟，重拾遗弃的《陶渊明集》，吹去浮尘，再读三读。

是的，"归去来兮，田园将芜胡不归？"

彻底赋闲。之后移居北京，隐于皇城根下的市井里，过着关门即深山，出门啖酒肉的小日子。心底念想景德镇三宝那份闲静少言、开门见山的野趣。

青野是如此孕育出来的，源于一份简单的初心和世事洞明之后的逃逸。

忘记归园的经验，忘记古建筑钩心斗角的繁复，做简单的空间，自然的青野。

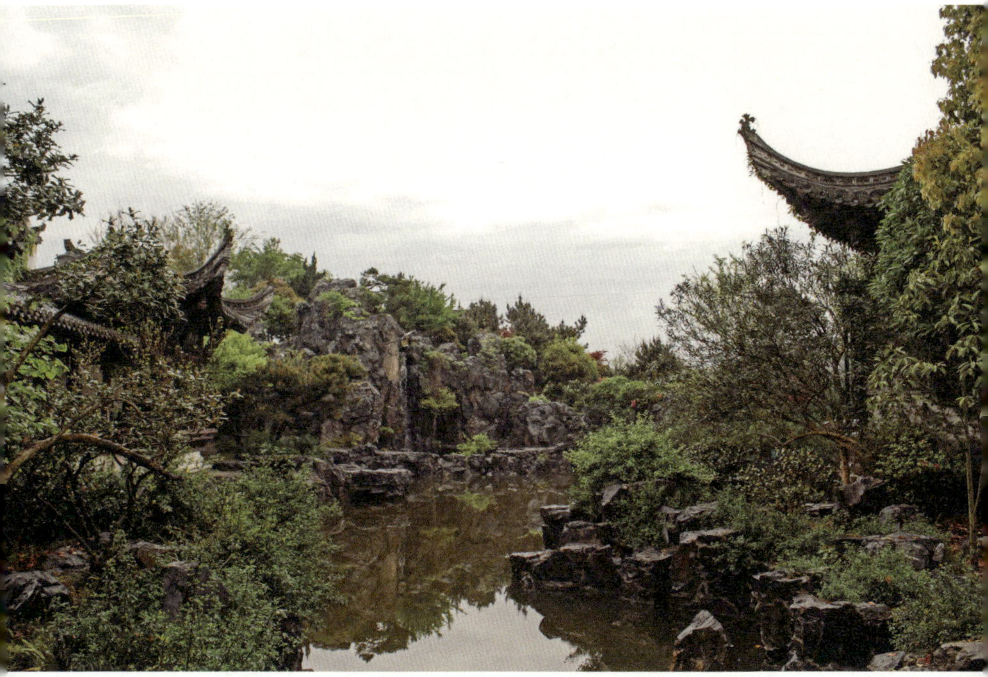

5 旧梦得拾

2011年9月9日，星期五

昨晚学生彭前程发来九间房拆除过程的照片，有些惋惜，一片记忆因我而消失，如被橡皮擦轻轻擦去。当年这些屋子曾经住过什么样子的人？发生过什么故事？往后他们路过这里，找不到过去的痕迹会多么失望啊？每念及此，心生歉意和伤感。

小时候在皖南港口煤矿住的也是平房，二十多年后我携读小学的女儿从城市回去，寻找那片我的父辈们在荒野里建设起来的矿区和七十年代的童年记忆。出发时我臆想的沧海桑田没有出现，平房、水泥路、灰山小学的教室和操场，模样依旧，只是更旧了，相见不相识的儿时玩伴敦厚迟疑，我家旧居门口的大杨树更加高大，树上的鸟窝不见了。看到这些浑身温暖，复又感慨，回到几十年不曾改变的地方，旧梦得拾，不知是我幸运还是那里的不幸。那里的人事还在旧时光里蹉跎。

近十年三宝逐渐变化，现在村舍密集度是原来的几倍，人来人往。变化之大并非表面建筑，来自世界各地的陶艺家繁星般散落在村落里，他们给三宝带来国际氛围。村民对外来艺术家热情包容，给艺术家提供服务让他们觉得赚钱不用远走他乡，并且很有意思，春种秋收早已成为三宝村民的副业。

三宝如同桃花源，山川美好，人事温和。

6 卜居

2011年9月10日，星期六

九间房夷为平地，后面山隐藏几十年终于显露出它的气象，山坳如母亲怀抱这片羽毛般的新土地。我耳畔响起德沃夏克《自新大陆》的旋律，少年，我伴着这旋律出行；现在，我在这久违的旋律中回归，恰似命中注定。

在那夹生的青春苦旅中，支撑我的旋律还有贝多芬的《命运》，德彪西的《孤帆》，盘旋最多是邓丽君的《星》，"踏过荆棘，苦中找到安宁，踏过荒郊，我双脚是泥泞，满天星光，我不怕狂风，满心是希望，过黑暗是黎明……"

古人造屋首先"卜居"，现在说选址，预先了解地块周边状况和历史，是否合藏风纳水的道理。细看这块地，"三

面围合，一面敞开"，"中堂广阔，流水曲折"，"负阴抱阳，背山面水"，完全符合风水道理。阴阳互补是古代建筑的基本格局，屋为阳（实），院为阴（虚），阴阳结合虚实相间构成园林序列，有机地解决了人、建筑、自然三者的关系。

青野后面靠山，前面流水，相传山脚下随便一锄头下去都有可能挖到宋、元、明、清的碎片。

务实勘查是为了发现地块的特点，它和邻居的关系，阳光空气的交流，周围环境的利用。充分了解之后，方能构筑积极的空间。

　　溪水对面是田畴，田畴左岸是国际艺术村，主人是留美归来的陶艺家李见深，他除了引导国外陶艺家来景德镇交流学习，还开张了好吃的餐馆"世外陶源"。

　　陶艺村和青野互为对景，相看两不厌。无数次路过，只那一眼发现青野地块的好。生活何尝不是，多少美好事物被我们熟视无睹，匆匆错过。

　　在青野，目光沿着道路和溪水往山里探看，山外有山，层层叠叠，渲染成自然的水墨。

　　九间房存在几十年，终归被拆除，迟早被忘记。青野也会如此，如夏花秋叶，起于尘，归于土。我仍期待自己营造有生命力、有情绪、自由呼吸、承载故事的园林建筑，如彩排一场好看的戏给看客带来些许惊喜，我是这场戏的导演。

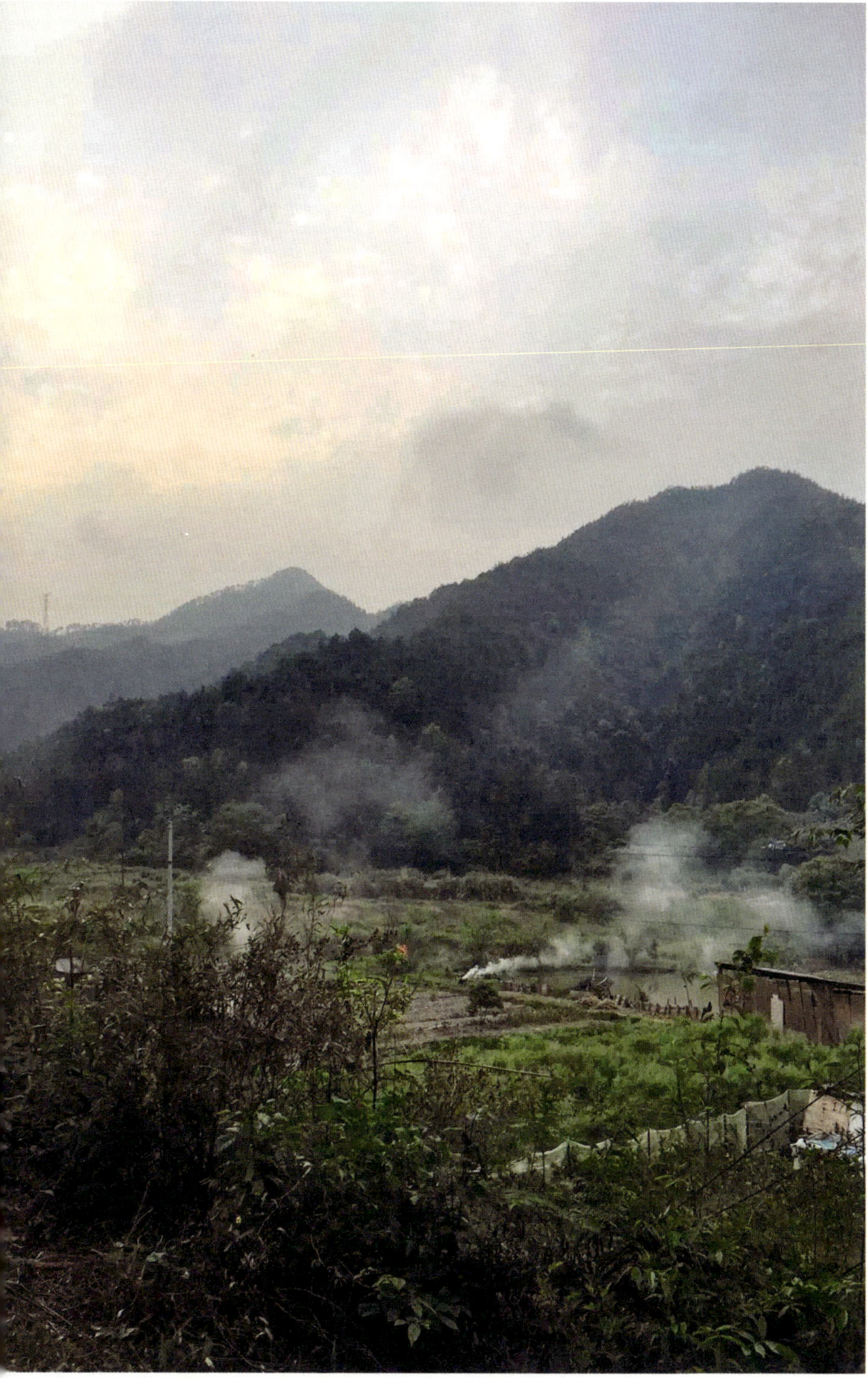

7 我想要简约的空间

2011年9月12日,星期一

自青野 Loft 构想以来,我原本不足的睡眠里浅睡的时间变多,闭上眼,脑海里奇思怪想的鸟、鱼,莫名其妙地穿插游弋,九间房拆掉后我像生了一场大病。

归园梦境里的青野建筑似卍字形,曲径通幽,柳暗花明,极其隐秘复杂,是那种可以"润物细无声"的潜入,可以"单于夜遁逃"的溜出,也可以风花雪月的逍遥自在。

我想要简约的空间,一个读书、喝茶、玩泥巴的青野。

我致电曾经做过建筑双年展的策展人，希望他推荐一个年轻前卫的建筑设计师帮我完成，放下电话很快打消这个念头。

夜里点燃第二锅烟斗，随意将两个火柴盒子错位叠加，像小时候玩积木，自然而然。我用食指在 iPad 上画了第一个青野草图，符合我多年来坚持的理念，生活空间必须和生活一样简单。

我决意自己设计营造青野，像三宝农民决意盖自家的房子，意味此后一年将是辛苦的有意思的经历，寻找琢磨安置自己的空间，如鸟儿筑巢。

若有前世，我该是手艺人，年轻时爱好木匠活，结婚家具都是自己亲自设计制作。后来营造归园，历时四年，似乎将我的古典情怀燃烧殆尽。我以为归园是我最后的营造，现在，热情再次点燃于景德镇三宝僻静的山谷里。

8 恰好神路过秋闲的青花山庄

2011年9月13日,星期二

笃定简单主题后逐渐进入不简单的细节里。

初秋,晚上。我和学生在青花山庄创作青花瓷版画《晖》,这是充满细节的作品,无数笔触,分水,再分水,连续二个通宵用鸡头笔在泥坯上不知疲倦地点…点…。同时干道甫正创作西藏印象系列,雪域高原的神性令他痴迷。我俩仿佛回到从前老鸦滩的夜晚,那时我感性他冷静,现在恰好相反,他水舞青花,我罗列点青。小憩,我俩把身体撂在竹椅子内,在桂子飘

香的星空下沉默。忘我的创作是与神交流，恰好神路过秋闲的青花山庄。

我和干道甫讨论青野的营造方案，边说边画，我的建筑构想逐渐成形在三宝的星空下。

包工头老张实施土建部分，学生彭前程负责基建管理。

彭前程读大二那年认识我，他常在我博客下留言，是陶院的学生写诗而好感。干道甫叫他来喝酒，此后他成了冰蓝公社酒局的接班人。大学毕业他想创业，我和刘晓玉发起，邀请万夏、刘春、干道甫出资支持他创办陶瓷品牌"春山玉品"。

几年后，春山玉品做成景德镇十大茶器之一，在茶人圈颇有声誉，这是后话。

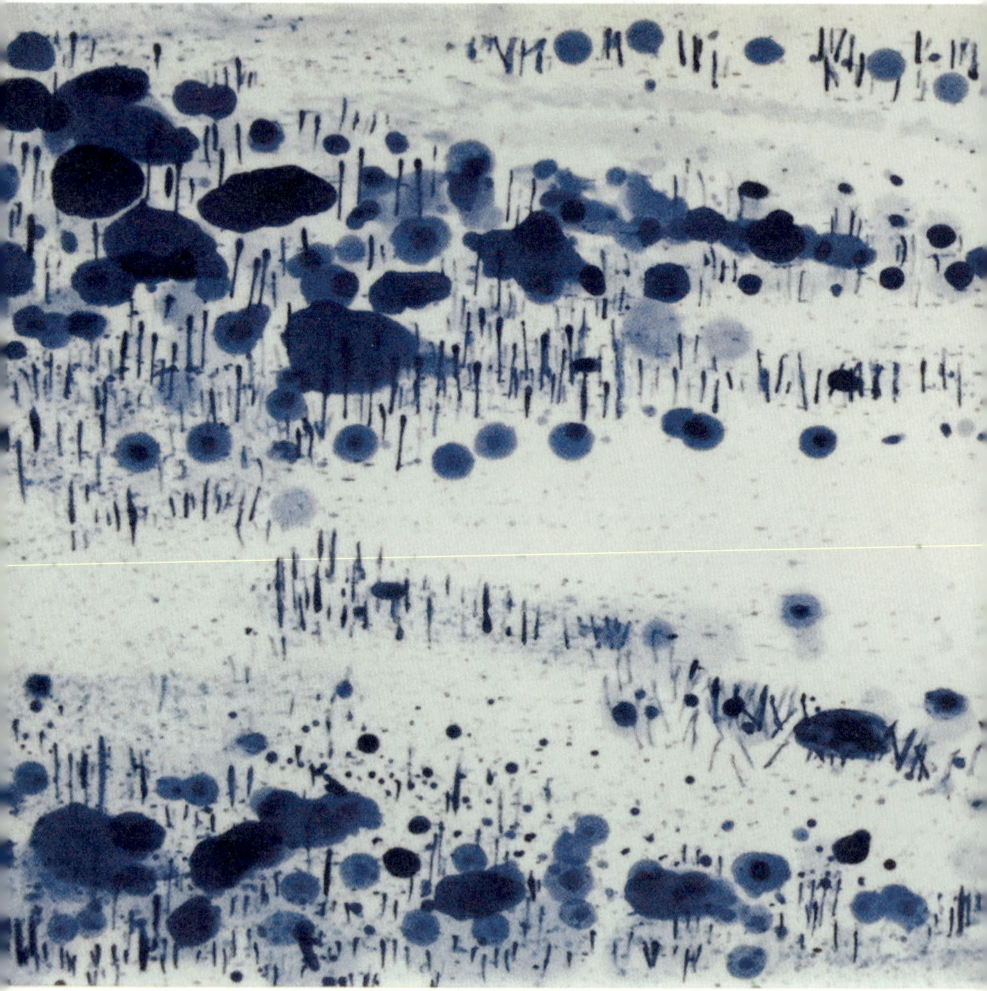

(周墙陶艺《晖》,青花瓷,1320℃还原烧)

9 营造一种生活方式

2011年9月16日，星期五

"望着窗外，
只要想起一生中后悔的事，
梅花便落满了南山。"

当年我营造归园没有做记录，至今悔意难消。那是何等千辛万苦的乐趣，常常为一块石头、一棵树、一个疑问，不惜驱车千里追寻。几十个工人喊着号子，协力用绳索拉起老屋框架的情景依然难忘。

青野 Loft 从第一张草图构想到建筑完成，从室内采光到室外动静，思考营造的过程和结局，我将亲力亲为并记录在案。

建工作室，营造一种生活方式，如用汉字码一组诗篇，想象一种可遇见的未来。

两个长方形的盒子，若交叉会非常有意思，如此二楼盒子的一角会斜伸到路上，村里镇上绝对不能同意。还是老老实实地左右平错三米，左边靠庭院的二楼错出个大阳台，右边悬挑的部分可做青野的后门兼车库，简简单单，贴近山谷的气息。

10 日月清明的山谷

2011年9月17日，星期六

三宝村坐落在景德镇东南近郊的深山幽谷，全村两百余户人家，一条溪流出自山中，自古以来未曾停息。相传三宝是景德镇陶瓷的发源地，村口陶瓷学院实习基地完整存留着宋代古窑。我闲来要去那里，采集宋代匠人的气息。

往外走挨着三宝村的湖田村有古窑遗址群，即著名的景德镇湖田窑，保存着宋末的马蹄窑、明早中期的葫芦窑、馒头窑等。

宋、元的湖田影青因造型和装饰的技艺独步天下。我最中意的影青薄胎斗笠盏，壁厚不足两毫米，即便在明清造瓷技艺的巅峰时期亦无法量产，如今这样的手工师傅在景德镇屈指可数。前几日在春山玉品看见此盏，薄如纸，声如磬，又如处子皮肤，吹弹可破，捧在手心万千呵护，饮茶时用拇指和中指捏着盏沿送至嘴唇边，因端盏格外小心，大老爷们儿的兰花指不知觉地翘将起来。

山谷深处有个瓷石矿，考证是宋代开采的，山间几个依溪水而建的蓬厂，里面发出沉沉的夯击声，似叩问大地，近看是砸碎瓷石的水碓。这些水碓始于宋代，最初由风车做动力，后来利用山里的水流，改风车为水车，每个车轮可以带数个碓。作坊工人从矿山运来瓷石，用手锤敲成小块，放入碓坑夯成粉末，经淘洗、滤渣、沉淀、风干后制成长方形泥块，成为可塑性强的优质制瓷原料，送往湖田窑使用。

老人说过去山谷里，沿溪流处处可见这样的水碓蓬厂，如今零星剩下几个，电力取代了水力。

十年前我陪哥伦比亚大学教授刘禾、李陀夫妻来三宝做田野，还有许多水碓蓬，在细雨之后，野草清香的暮色里，我们访问过一位从十六岁至今，一辈子看管水碓蓬厂的三宝老人。

陆陆续续，山谷里落户许多艺术家。

最早的是留美回来的李见深，他建造了世外陶源，十几年来逐渐扩大成国际陶艺村，引导接待世界各地来景德镇寻根膜拜的艺术家。世外陶源在青野的斜对面，那里的菜

做得口味地道，特别点赞"三宝䲁""老豆腐""碱水粑"，

是我的保留菜目，我时常溜达去滑肠子，在那里招待五湖四海的朋友。

干道甫颇有眼光，2004年那会儿他读研三，向我借五万块钱，自筹一万，买下了村里废弃的窑厂，大约一亩地左右，几年后盖了青花山庄工作室。

老安贴着山边买了一块地，构筑了他的素心山房，每逢下雨，后面山上溪水流下，急跌成瀑布落在院子里，似他家养了一条瀑布。

朱迪也在山谷里租建了自己的工作室。

还有美国、日本、韩国、马来西亚、中国台湾等地的陶艺家，各美术院校的老师，和长期在景德镇漂泊的"景漂艺术家"。

青野建筑横向马路，长三十米，宽十米，后面是山谷里的山坳，大树成林。我想在山坳里造一个别致的茶寮，天晴阳光斑驳，百虫齐鸣；下雨打在茂密的树叶上如铁锅炒豆；黑夜里听来像置身战场。冬天的早晨，你想出去踏雪，又不忍心，轻轻踩出一条窄窄的雪道，从青野到茶寮；捧一把雪放入铁壶，煮开，沏一壶野茶，对着一窗好雪发呆。此意趣非东坡、笠翁不能邀。若得红袖添香，则东坡、笠翁也可以拒之门外。

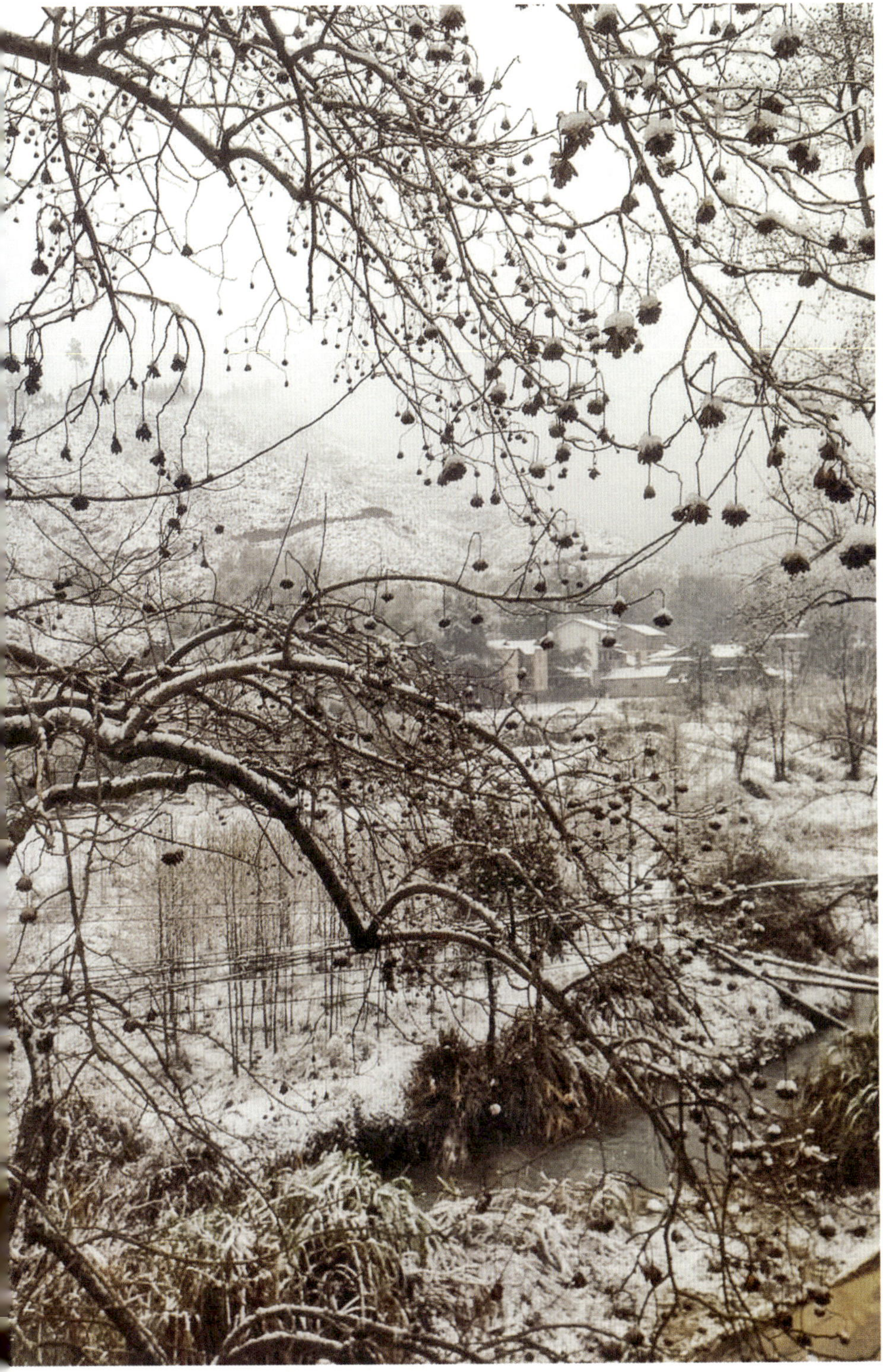

14 建筑是凝固的音乐

2011年9月18日，星期日

"建筑是凝固的音乐。"

多少年来我们这么认为，着眼关注建筑外在的视觉冲击。我想要的园林建筑如话剧，它有音乐、画面、人物、外在环境、内部陈列，这些关系相互之间默契愉快地交流。我选择包豪斯建筑风格，简约环保，将两个长方形的盒子错位叠加，再从二楼后面插一个细细的长方形盒子进山坳和茶寮相连。看起来平淡无奇，像阿巴斯的电影。我更喜欢阿巴斯的诗：

火车轰鸣

停住

铁轨上，一只蝴蝶正在酣睡

简短的诗，呈现了巨大的危机和弱小的美丽。

青野，一个普通的开始，讲一个简单的故事。

房子前面是山谷中的一条小路，小路旁是一条活跃的溪流，在溪与路之间有一米多宽几十米长的菜园地，我将随季节栽种开花的经济作物如向日葵、辣椒、南瓜等。房子左手峭立的石壁和房子之间形成几百平方不规则的空地，用篱笆或石头围成园子，秋天园墙下开满野菊花。园子的枯、荣、动、静里渗透诗情禅意，几十米峭壁上山泉化为细瀑飘落。

用力推开厚厚的木门，步入建筑内部，一层是展厅（约三百平方米），陈列冰蓝公社兄弟的作品；二层是我的私人空间，分隔成起居室+书房（约八十平方米），工作室+会客（约二百二十平方米）。钢结构的玻璃长廊通向山坳茶寮。

青野安置的每一件物品，都将和建筑内在表现构成情节，带给来客细微的感动。在这部声色精彩的舞台剧里，我是搭台的，五湖四海的朋友是流动的人物。

12　青野山人

2011年9月18日，星期日

我开始了解青野这块土地的历史，像个农民，要知道地肥不肥，适合种什么庄稼。

九间房始建于二十世纪七十年代，是枫树山林场下属分场的职工宿舍。房屋旁陡峭的石壁原来是采石场遗留，开采的石头主要用于铺三宝这条道路，所以后面山才保留许多大树，繁荣茂密异于周边山坡。

山上分布些许野茶，隐蔽于灌木、野花和杂草间，唯有村上一位年逾花甲的老汉知道每丛茶的位置，每年上山采摘三四斤春茶，卖掉将就解决自己的烟酒钱。

隔壁邻居是年轻夫妻，丈夫姓齐，齐姓是三宝村的大姓。小齐姐夫饶金福是三宝村村主任，也是帮我牵线买这块地的中间人。金福还帮我访到一棵直径三十厘米的大桂花树，预备着以后移栽到庭院里。

马路对面还有一间属于青野的破旧房子，房前种着蔬菜，搭着竹架，应该是豆角。旁边是古老的水碓蓬子，雨水充足时，水车转动，水碓开始一遍又一遍地给大地磕头。

青野地块藏风纳水，植物茂盛，动物活泼。山边一眼山泉在景德镇颇有名声，常有市区人开车用桶接水回去泡茶。

青野建成后，自号青野山人，归隐林泉，读书玩泥，闲静少言。有朋自远方来，黄鸡白酒，山花水月，不醉不休。

刚收到学生彭前程发来的图片，基础修好，开始扎钢筋支模板。

13 我想给室内制造些危险的场所

2011年9月19日，星期一

我想给室内制造些危险的场景。

建筑本是起保护和安全作用的，人类最早创造居住建筑，主要有穴居和干栏篷居两种形式，遮风挡雨防止野兽侵扰。随着人类进化，社会发展，有了公共建筑，用以集会、议事、阅读、参拜，安全更加重要。现在人们居住空间需要的不仅是安全，还讲究舒适和私密。那么，有什么理由刻意制造危险呢？

危险是相对的。蚂蚁忧虑过蚁巢会不会坍塌吗？猴子在悬崖树枝上玩耍，从这棵树跃到另棵树，猴子并不觉得危险。鸟在天上飞是自由，鱼在水里游是安逸。因为那是它们的地盘，日夜生活的场所，危险是因陌生产生的感觉。

我想在青野建筑某些情节上让来客有陌生感，有临界的惊惶，我删除了设计好的阳台栏杆和楼梯栏杆。

在三十平方米没有栏杆的阳台上发呆，如临界断崖，闭上眼，清风徐来，几近羽化。对面是悬崖和细瀑，下面是静水深潭，几尾锦鳞出没深浅，风乍起，鱼儿也仙了。

这是自我的场所，亲自设计、营造，闭上眼睛也知道上下进退。客人会觉得是缺陷，是没有完成的，是危险。

我刻意想让客人体验缺陷和危险，让他们小心仔细地走过青野。

14 空间是奢侈的

2011年9月21日，星期三

基础开挖，今天农民工们在修整条形基础。青野还是决定做成混凝土框架建筑。

最早想过土墙建筑，钢构建筑，木结构复古建筑，自己心里反反复复地肯定否定。

上下二层，必须大空间，一楼展厅，陈列自己的陶艺和冰蓝公社兄弟的作品；二楼起居、做陶艺、读书、喝茶、清谈、

撒欢的地方。二楼卧室和一楼展厅各设一个卫生间。

钢构加玻璃能实现大空间,景德镇工艺上的局限叫我不敢尝试,从外地调队伍运材料不太现实。我交代包工头老张,依照村民建房的办法实施,做砖混结构,上下看不见立柱的豁然空间,像从地里长出来的建筑,是三宝山谷自然环境中的有机部分,散发亲切、友好的气息。

局限反而让青野变得简单接地气。老话说得好:乡里狮子乡里舞。

从小随着在地质队工作的父母经常迁徙，长大后似乎形成习惯，隔几年搬一次家，每次搬完家，回望清空的房间，心里也空荡荡的；同时惊讶地发现，原来这房子挺大的。生活在其中时却不觉得大。可见空间的感觉比空间尺度的大小更为重要。

小时候，觉得单位的大礼堂大，开批斗会、忆苦思甜会，演唱样板戏、看电影都在里面；没有活动就空在那里，成我们这些熊孩子游戏的场所。现在想来，大礼堂的大是因为它的空。

青野建成之后，也会是空的，可以在内喝茶、喝酒、砸黄泥炮，可以呼朋唤友归园雅集、聚啸青野，人去楼空的下午闲得蛋疼，可以在二楼骑自行车玩，把光阴一圈一圈地甩在身后。

2007年我静寄归园，写过一首诗：《空间是奢侈的》。

空间是奢侈的

清水混凝土构筑的盒子

收藏时间

时间死在空间

你拥抱幻影起舞

轻轻地旋转出门外

暗香浮动

听见梅花乍开的嘤咛

隐约看见

素发如瀑后面眼风清冷

如杀手

无人可杀时便凌迟自己

任血花绽开在清水混凝土盒子的每一面

空间有了暖色

醒了就醒了

别说香雪在春早的茶炉里沸腾

别说茶叶在青花盏里等候梅的消息

15 记忆之美，一树雪花

2011年9月22日，星期四

几天前下榻十多年前我营造的新安山庄，物是人非，依旧可以读到它当初的美。

隔着大堂玻璃看庭院，但见过去营造的微缩版的"东溪桥"和桥下的"三岔河"，少年那会儿，双手捂裤裆从桥上跳入河里，溅起快乐的水花。那时还不知李白在宛溪河边写下"抽刀断水水更流"的千古惆怅。长大后离家远行，当归途远成陌路，方懂得"举杯消愁愁更愁"的滋味。

回京后看到万夏写的随笔《跳桥》，文如米酒，甜滋滋的惹人。晚上约万哥到园景酒吧，我俩往事下酒，实实在在地回顾各自跳桥，入水拍的蛋疼的少年。

归园也是，营造纠结在我记忆中少年的野山、松林、溪流和青年时膜拜的渐江、梅清、石涛之间，用印象的石块垒

叠家山。

记忆之美，一树雪花。

新经验令我内心雀跃。青野营造我刻意回避描绘记忆，我只在乎十年逃逸（陶艺）生活，景德镇三宝与我为邻的鸟兽虫鱼、清风明月、狐朋狗友的栖聚地。这些正在进行时终将成为故事，成为山谷里的流风。

16 半分禅房

2011年9月24日，星期六

建筑离山脚约三米，用石块砌起挡土墙，防止山体滑坡。后面山怀抱青野，一股清泉跳跃着顺势流下。

沿挡土墙拾级而上，山坳长草过人；拔草深入，其中有相对平坦的小块地，和建筑二楼地面高度相仿；周围大树荫翳，分外幽静。一直琢磨在林深处建个茶寮，暂定名为"半分禅房"。

方案一：结草为庐，四面通透可以竹帘或苇帘遮光。

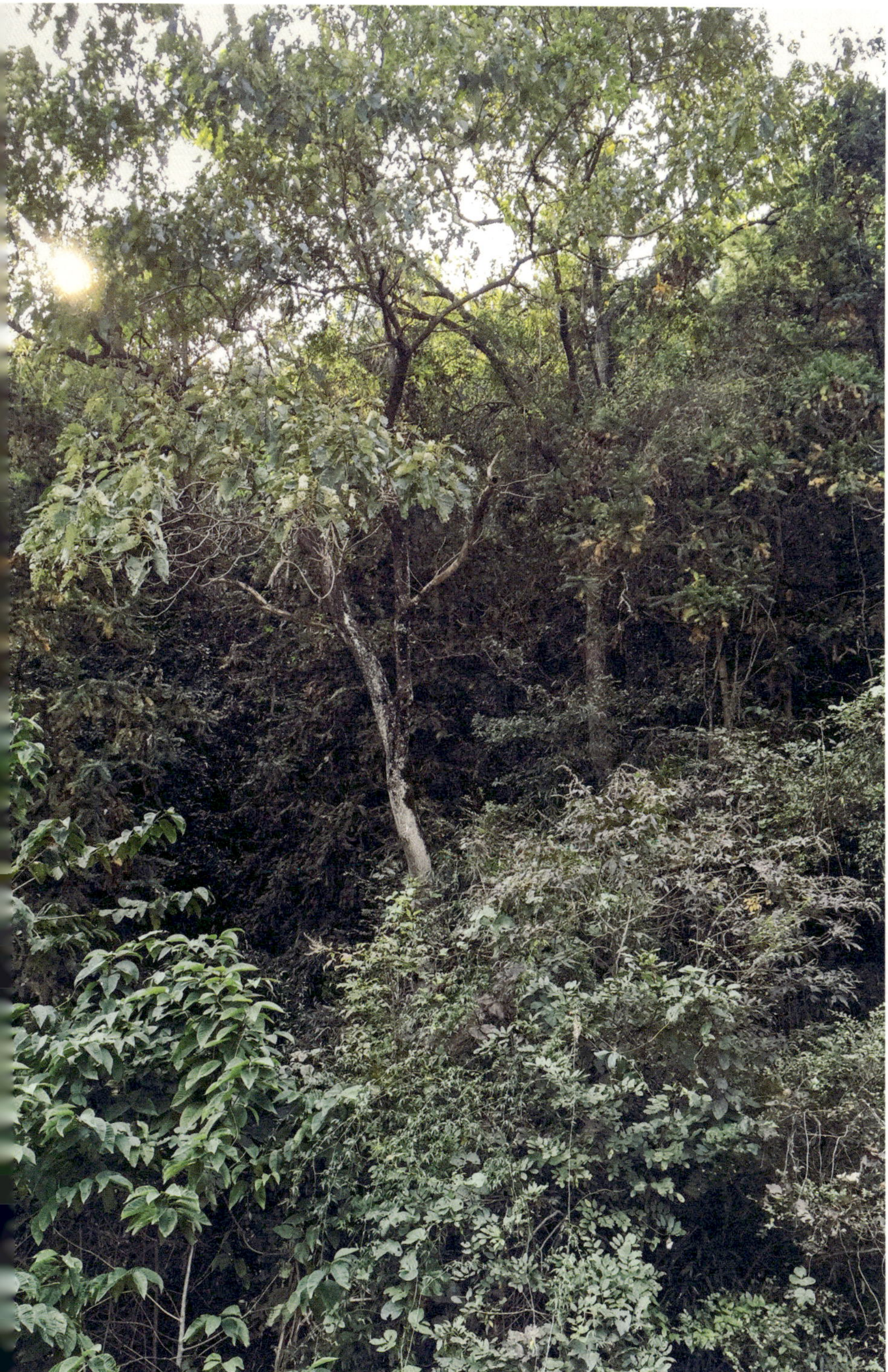

方案二：转砌成葫芦窑或馒头窑的形状，开几个小窗户采光，闭合聚气。

方案三：钢构加玻璃做成雕塑，虽减少实用，却更前卫。

方案四：质朴的小木屋。

没有考虑好用什么方案实施"半分禅房"，可我清楚知道以后的清晨或黄昏青野山人将在此结跏趺坐，聆万物之声，吐故纳新，和旁边的草木一样安宁。而或午后有茶客来访，选一罐茶，提一壶水，二人席地而坐，相对无言，茶汤轻沸，茶烟悄起，只是妥妥的把茶喝淡了便好。

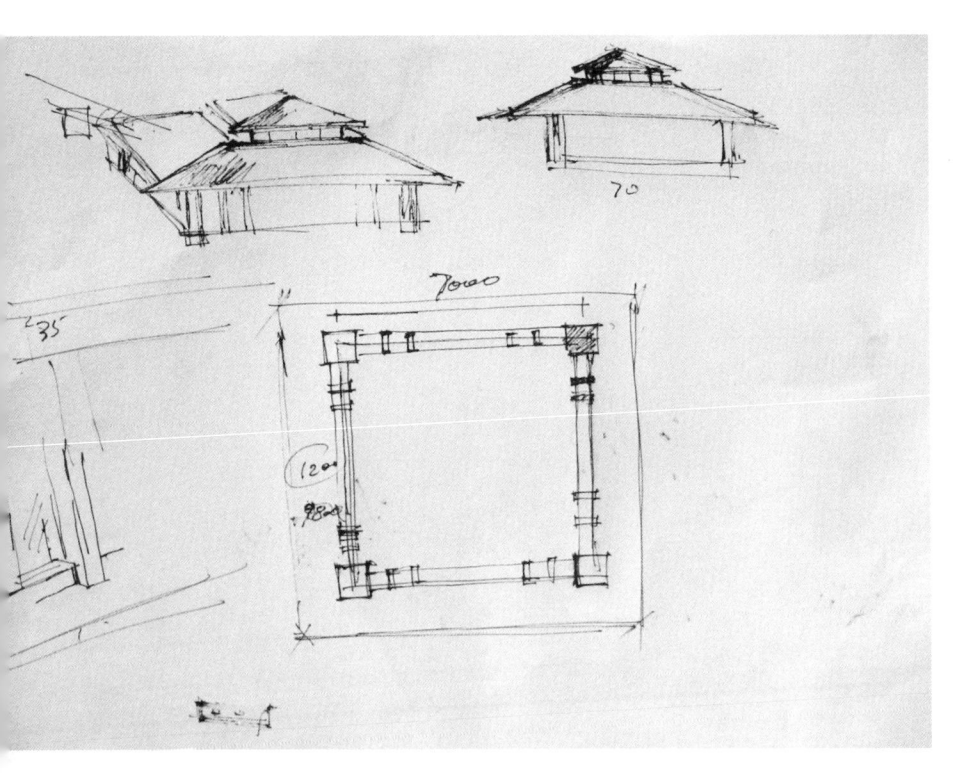

7000

1200

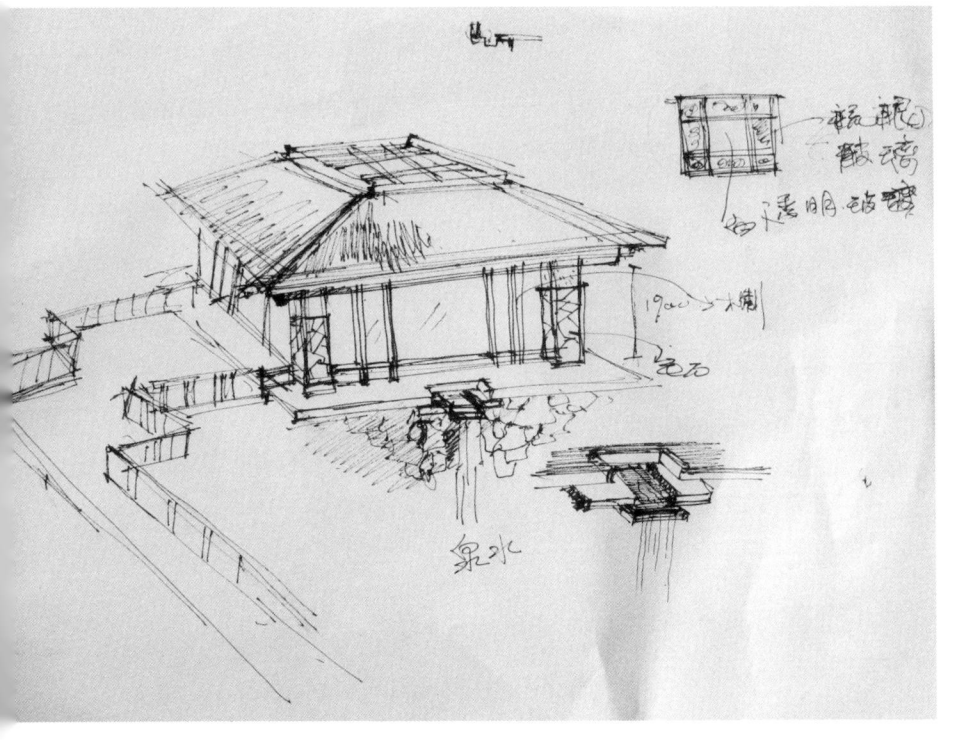

35

70

玻璃
玻璃
不透明玻璃

1900
870

泉水

17 我得起身走了

2011年9月27日，星期二

十年前蒙蒙细雨的那天，在徽州祁门县乡下淘到一幅清朝末年的红麻石中堂，方形鲤鱼跳龙门石镂空雕，古拙生动。左联条石阴刻"潮来风雨燕山近"，右联刻"光映波涛桂子香"，横批"作如是观"。

好欢喜这玩意儿，我刚退居山田，恰好印证了当时心境。

秋意浓，景德镇三宝山谷里飘荡桂子的香气，夜深郁浓，冷香的月色拂去白日的俗尘。我要在青野崖壁下池塘边栽几株桂花，以后飘游到千里之外的别处，都会惦记着西风起、桂花雨的时节。我得起身走了，回到景德镇三宝这条逶迤宁静的山谷，有一所叫青野的白房子，那里是我安心之所。如叶芝的那首诗：

我得起身走了，去往茵尼斯弗利

在那儿建一个小屋，和着黏土和树篱

我将有九丛豆荚，一只产蜂蜜的蜂巢

我独居在蜜蜂嗡嗡的林荫地

在那儿我会得到稍许安宁，点点滴滴流逝的安宁

从有雾的晨间到蟋蟀歌唱的时刻

在那儿，子夜是一片微明，正午是紫色的光耀

夜晚满是红雀的翅膀

我得起身走了，日日夜夜

我听得见湖水轻拍湖岸的声响

即使站在大路上，或是置身灰色的铺地

在内心深处我听得到它的回响

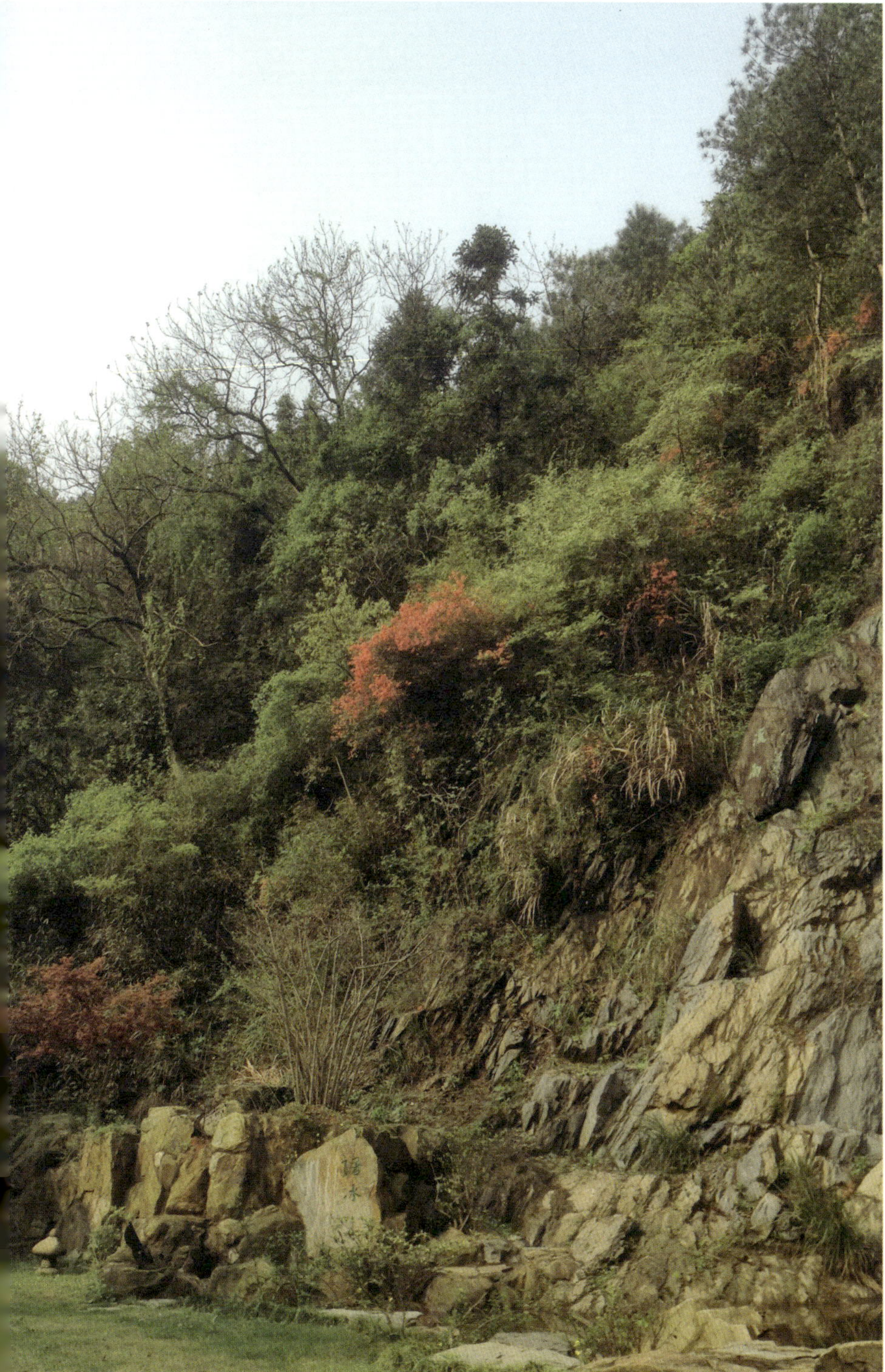

18　引泉入室

2011年10月5日，星期三

昨夜和施工人员交代图纸，直到凌晨。下午去现场安排挡土墙的施工方案。口渴了，掬一捧山泉。泉水在青野院落旁，从石头缝里涓涓流出。

茶圣陆羽说："茶水，用山水上，江水中，井水下。……使新泉涓涓然，酌之。"

白居易诗："商人重利轻别离，前月浮梁卖茶去。"景德镇

浮梁县产茶自不待言。

新茶、泉水俱备，明代许次纾说："茶滋于水，水藉于器。"普天之茶器，莫非景德镇。

由此可见景德镇人和茶的渊源。以至现在，你去景德镇任何商店，不问买卖先喝茶。好茶各有风味，唯茶器争奇斗艳。在天下瓷都景德镇可以输茶，却不可以输茶器，瓷器是景德镇的面子，面子是输不起的。

青野建成，我将引泉入室。茶圣陆羽说得好："水为茶之母，器为茶之父。"有如此牛逼的"父""母"，还愁没有好茶来认吗？

19 宁静的旅舍

2011年10月11日，星期二

国庆期间待在景德镇，旅居六〇二所内僻静的宾馆里。六〇二所是中国设计制造直升机的基地，是闲人莫入的保密单位。刘晓玉认识所长，开方便之门入住，这里晚上可以清静地看书或发呆。

彭前程约来网名为"坚强的混蛋"的中国美院大四学生，我口说手画两天，向他仔细阐述青野 Loft 的构想，假他之手建立青野的电子模型。如此直观些，方便包工头老张施工。

秋雨连绵，天马行空的奇思妙想逐渐形成在神秘宁静的旅舍。

铝合金窗　混凝土结构　金属栏杆(阳台)·浮法玻璃幕墙

红砖填充墙

混凝土基础　　　框架托空

20 离现实很远，
离古人很近

2011年10月13日，星期四

如此小的建筑，在三宝小路曲弯的山谷，动用"大黄蜂"商品混凝土浇灌车确是有点儿招摇，引来许多看热闹的村民，算是把宁静的山谷折腾出些动静。我希望时间快，质量好，能够早日进驻烟霞晨昏的三宝做陶煮茶。

他日青野的夜晚，停笔掩卷信步出庐，秋虫呢喃，桂花飘雨，忽感"人闲桂花落，夜静春山空"。四周顿起无边的禅意，遥想盛唐的辋川。王维在那里，我在这里。

我知道自己离现实很远，离古人很近。

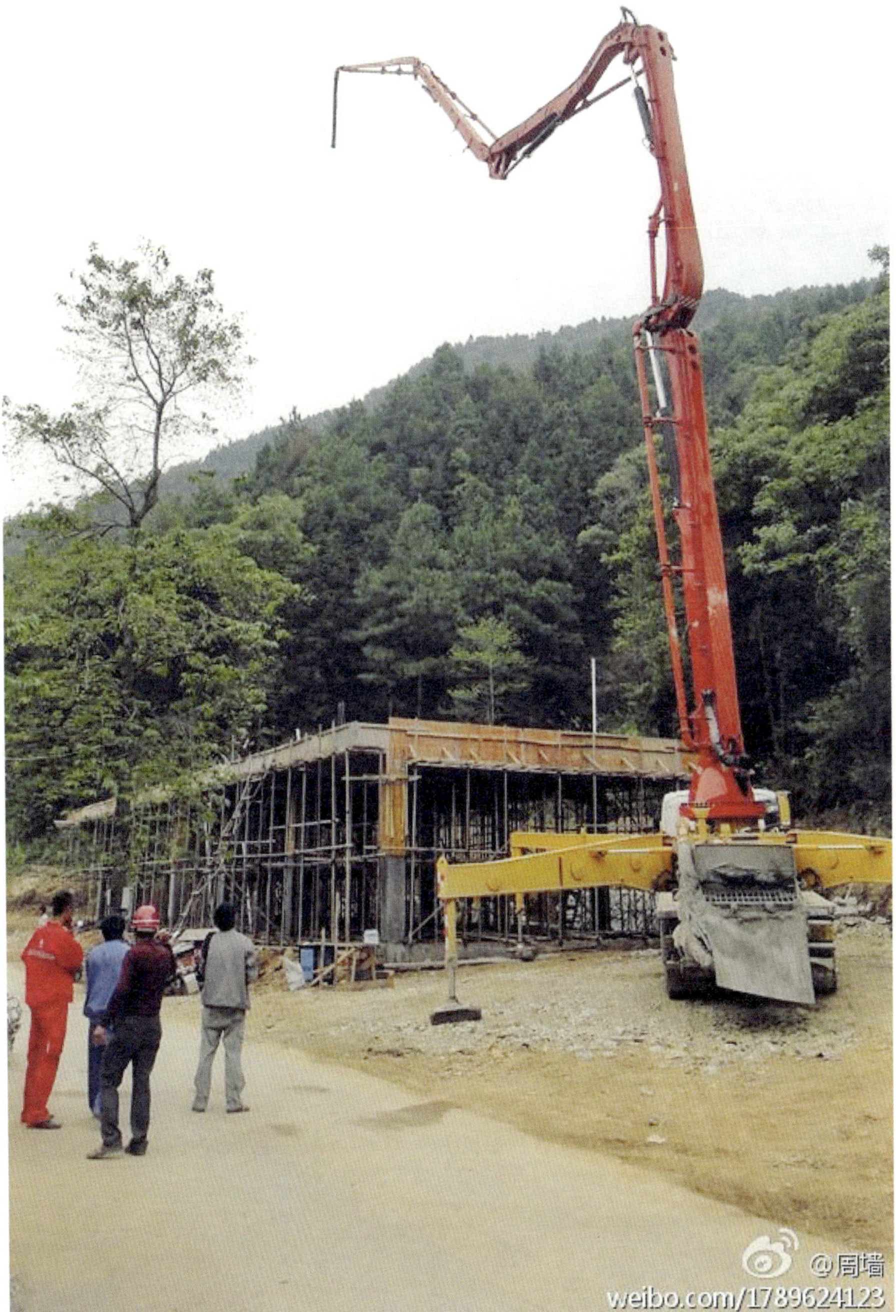
@周墙
weibo.com/1789624123

21 饭碗是菩萨

2011年10月28日,星期五

一层楼顺利封顶。

我登上楼顶检查施工质量,喜悦荡漾内心。时至黄昏,抬眼望山外有山,瓦舍片片,炊烟摇曳上升,这光景如同晚明遗墨。

古代,炊烟和窑烟交织在三宝村,鸡犬相闻,邻里相亲,从泥土到成瓷,繁复的工序被匠人细分后一道道完成。精美的瓷器从昌江河北上南下,或入皇宫,或漂洋过海到欧洲贵族家庭。几千年来，景德镇的窑口薪火相传，从未间断。

斜对面飘来柴火灶的饭香，这些日子对面的世外陶源是我的食堂。

湖田村头河边的"南河鲜"也是我常招待朋友的地方，那里河鲜地道，特别要说他家的卤水鳜鱼，暴腌三四天，在大铁锅里用新榨的菜籽油炝烧成金黄，满是景德镇江湖菜浓汤辣香的味儿。

前几年老安单身时，哥儿几个常去前村他家包饺子，是冰蓝公社的保留节目。

当年我、老安、干道甫、朱迪都租住在前村农民家，道甫在读研究生，朱迪家在威尼斯，我家在上海。前村是我们暂居之所，床和书桌是旧货市场淘的，属于自己的只有刚出窑的陶艺作品。

现在不一样了，有好朋友来，提前招呼到干道甫，去青花山庄吃他家的老妈菜。干妈妈在安徽滁州老家是能够做乡里婚宴的大厨娘，冷盘热炒自是小菜一碟，她做的卤鸭子，那滋味绝对绕肠三日。

若走出城去，玉田水库的家鱼头，浮梁蒸血鸭，瑶里老鸡汤，无不让我食指大动。

不可缺席的是乐平狗肉，用六个月左右的当地土狗，以其毛色论肉质优劣，有一黄二白三花四黑之说，黄毛土狗是佳肴首选，黑狗相比最差。宰杀后去毛带皮，大铁锅隔水文火蒸三四个小时，肉烂起锅，切成厚片上桌，再加上调味料（酱油、辣椒、盐、胡椒粉、葱、姜、熟蒜）食用，皮糯、肉香、骨酥。天下芸芸众肉，猪肉肥、牛肉腥、羊肉膻、人肉骚，唯狗肉独占香字，故"闻到狗肉香，神仙也跳墙"。

民以食为天。我任到一处，先把吃喝安排妥帖，否则万念俱灰。吃喝玩乐，吃在先，生活快乐的源泉，从吃开始。

我爱在景德镇的原因是瓷器，令我待下去的原因是美食，遗憾的是景德镇瓷器和美食从来没有很好地结合过。

比如饭碗，它默默地存在着，从新石器时代始，是不会积极表现自我的器皿。人们关注茶杯、酒具，甚至水缸，没有人会评论饭碗。生活中最基本的器皿，最被常用它的人们忽视。

这次来景德镇看到彭前程的创业品牌春山玉品做的手工霁青正德碗，浑圆满足的器型，你会被它朴素安静的存在打动。

生活中，厨房像一间小庙，存在于市井的巷陌里；饭碗是庙里的菩萨，每当我们需要它时，发现它一直在身边，陪伴着我们平静寻常的日子。

踏实住进青野后，我要为我喜欢的食物设计它专属的餐具，从碗开始；碗可以盛饭菜，也可以盛浊酒……

按村里的惯例，楼面封顶是要庆祝的，晚上请冰蓝公社兄弟们去南河鲜大块吃肉，大碗喝酒。

（霁青正德碗，春山玉品提供）

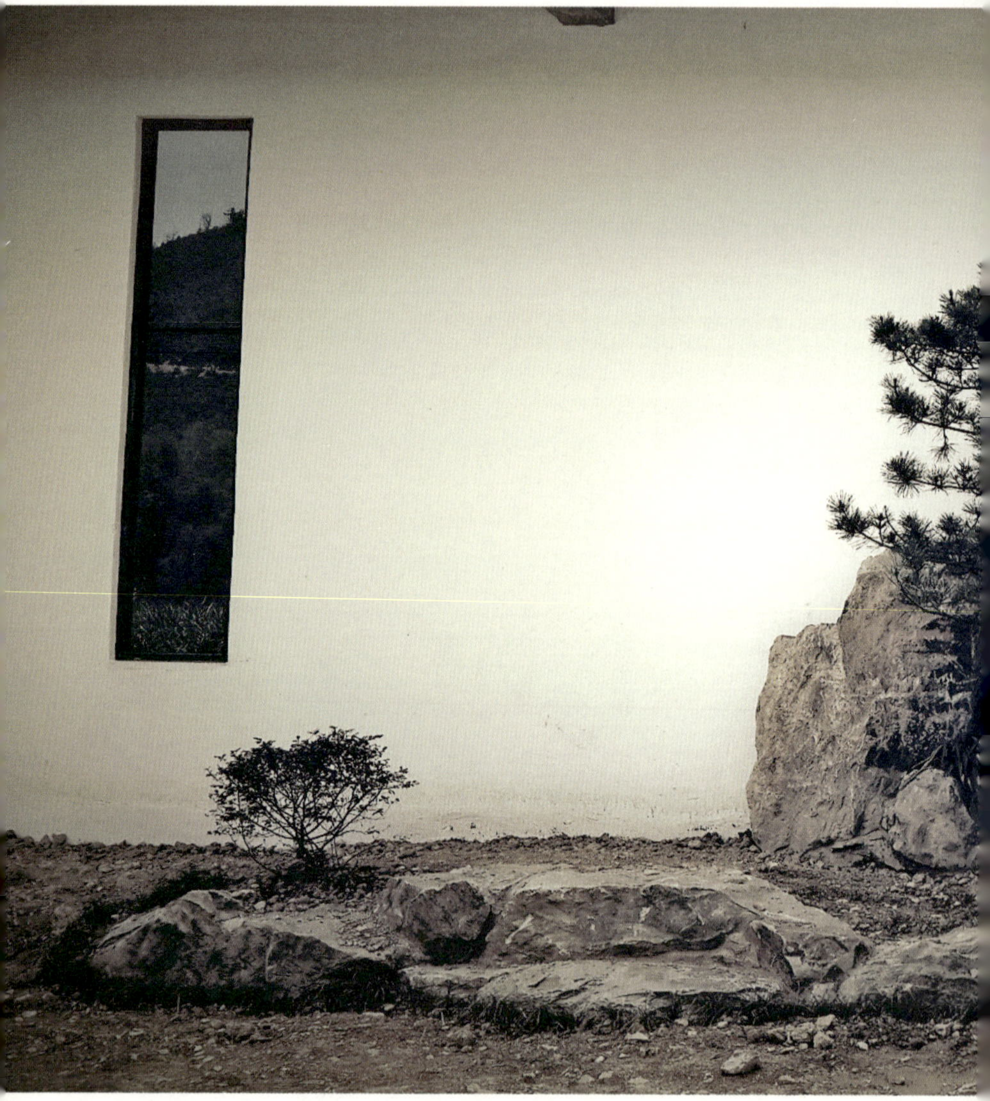

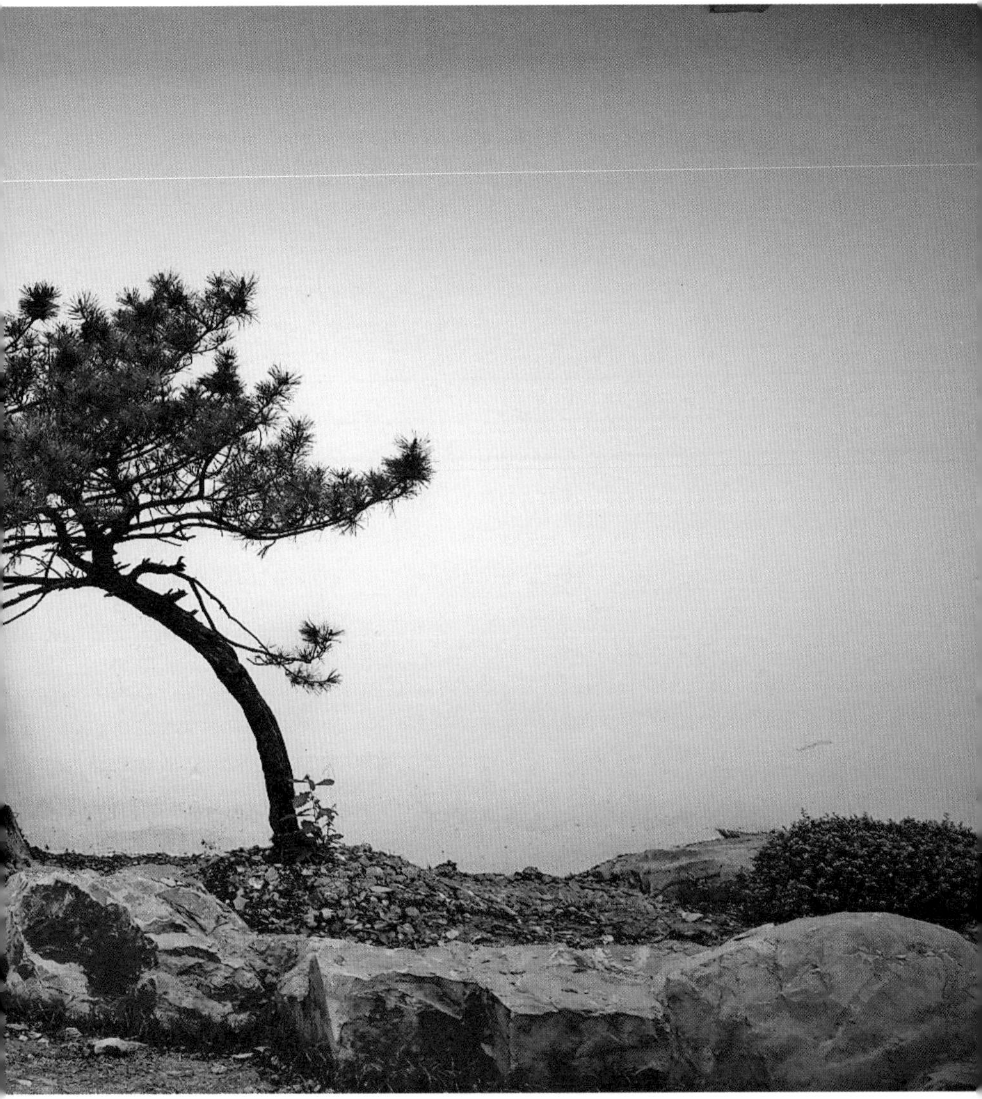

22 窗户是建筑的眼睛

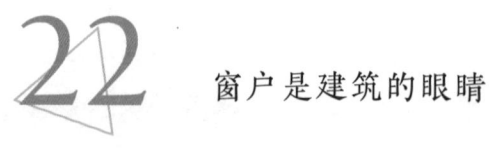

2011年10月29日，星期六

达·芬奇说：眼睛是心灵的窗户。

我觉得窗是建筑的眼睛。开窗的形式、尺寸、位置经过精心设计，透过每扇窗看到独特的风景，传达特别的感受。

老式徽派建筑的窗开得小且高，徽州男人大多在外经商，女人孩子在家里，高窗有防火防盗的作用。窗开得少势必影响通风，聪明的徽州先人设计了天窗和天井，既可以通气串风，又可以足不出户看云卷云舒，风花雪月。

经过再三推敲反复琢磨，青野 loft 的窗基本确定，二楼为

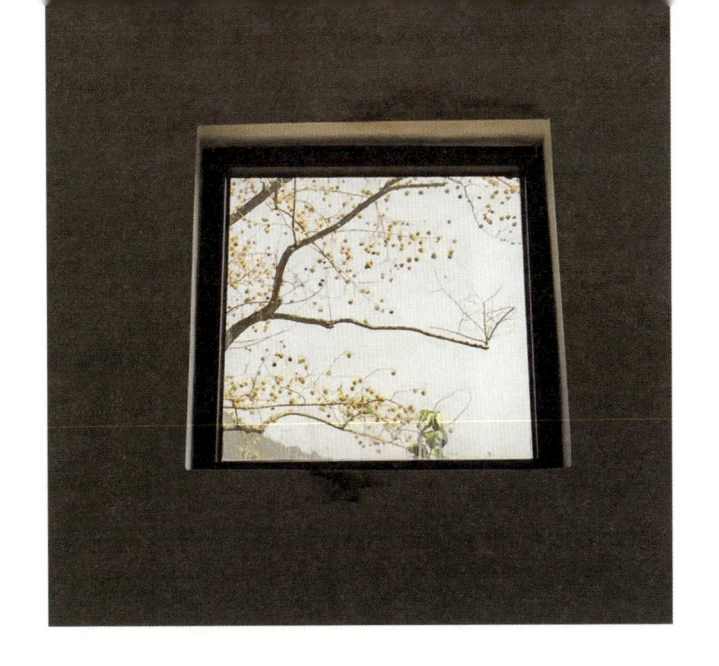

起居室＋工作室，一楼是展厅。靠路的西墙三十米长加二层约八米的高度，墙面足二百四十多平方米，布局合理的开窗并非易事。可以确定的是西墙的窗需要闭和隐，杜绝路过车辆的噪音和灰尘，躲避烈日西晒，这让我伤透了脑筋。

再回归园找感觉，徽派建筑的经验给我启示，在适当的位置开小窗。

多年前去法国东部，看到我至爱的大师 L•柯布西耶设计的朗香教堂，方形和长方形的小窗如音符一般有节奏地开在白墙上。同时小窗让墙看起来厚重可靠。柯布西耶也是画家、雕塑家，他是否受徽州建筑的影响不得而知。再读柯布西耶，青野

loft 的西窗一扇扇洞开。

搞掂西墙窗户，顿时轻松许多。东墙外是大片幽美的山景，开窗非常简单，简单到不用砌墙。一楼展厅东墙为主展墙，不用开窗。二楼卧室东墙开一米长两米宽的横窗，框住外面山脚下"绿窗春梦轻"的苇草；进入房间里的人，眼睛不由自主地会被这扇窗抓住，目光越过苇草是野花、大树和深山。工作室几乎没有东墙，铝合金材质分割巨大透明的玻璃，高度从九十厘米的矮墙至屋顶混凝土梁下，长近二十米，后面山景的四季轮回尽含窗内。

闭关青野，虽在室内，宛若山中。

加上屋顶的北斗七星圆窗，青野大大小小有二十四扇窗。将来得以慢慢欣赏二十四窗明月夜，在二十四节气里妙不可言的变幻。

从平面图上看，西窗排列的韵律像一首诗，其中隐约显山川字样，只是这简单的小诗让我魂不守舍几十天。

青野的窗，有借有障，收放随心。每一处框定的风景都值得停下来看看。

青野 Loft 的设计里，窗户这个建筑的眼睛令我最难将息。

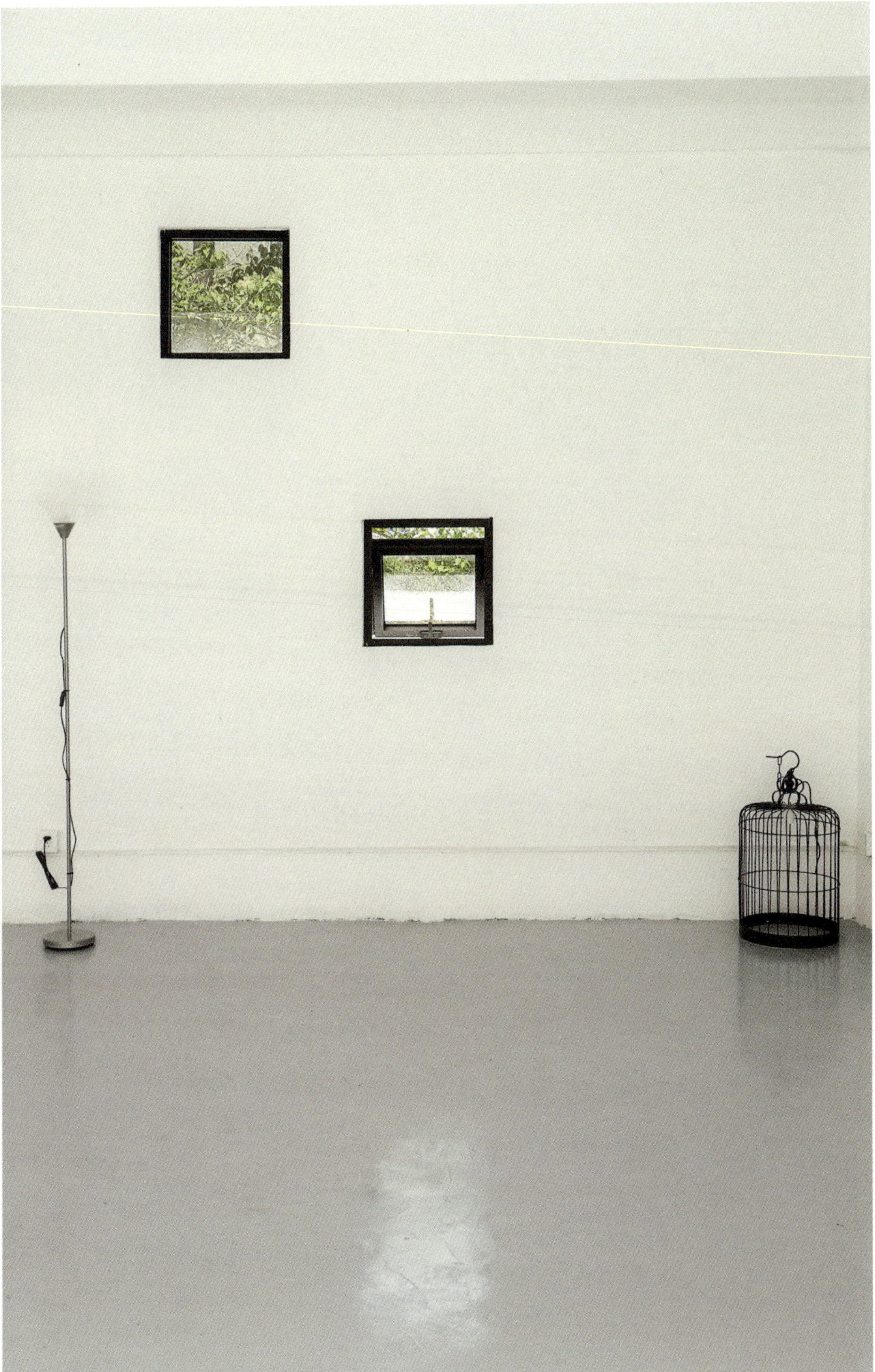

23 停下来也好

2011年11月2日，星期三

正在营造的青野被城管叫停。

整个山谷里正在施工的建筑全部停工，原因是前几日土地局的稽查人员在土地执法时被农民用自制猎枪打死。我想，这个农民得有多大的不甘心和委屈才会如此舍命啊。

江西老表倍出红色革命的先驱，自古彪悍，农民尤甚。

老百姓造房子不容易，几乎耗尽半生积蓄。一个"拆"字很简单，规划混乱随意的后果渐渐暴露。

停下来也好，有时间揣摩更多细节。

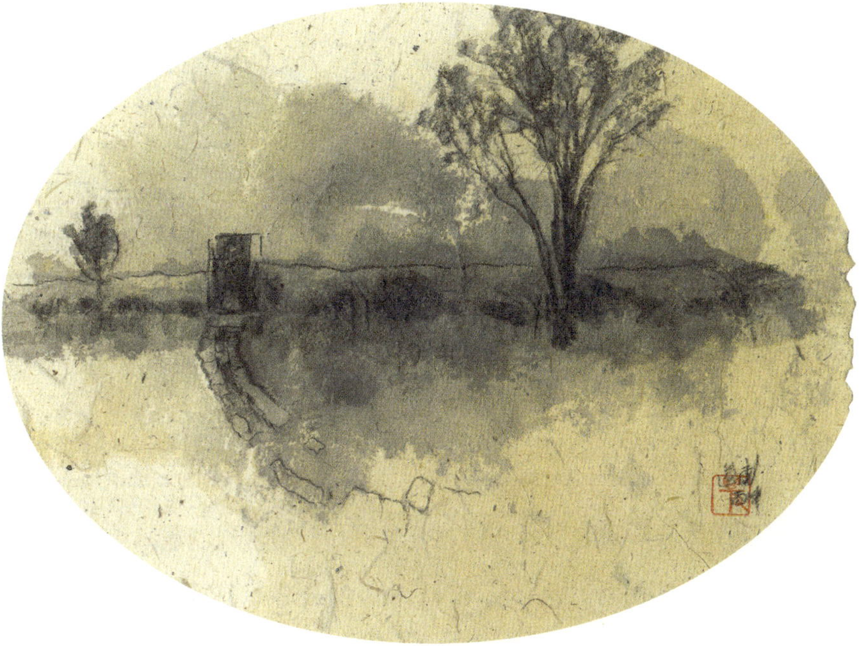

24 迷恋和体验

2011年12月27日，星期二

某个人某个地方或某种体验的消失，使你失去幸福感，那么，你可以确定自己开始迷恋于某个人某个地方或某种体验了。

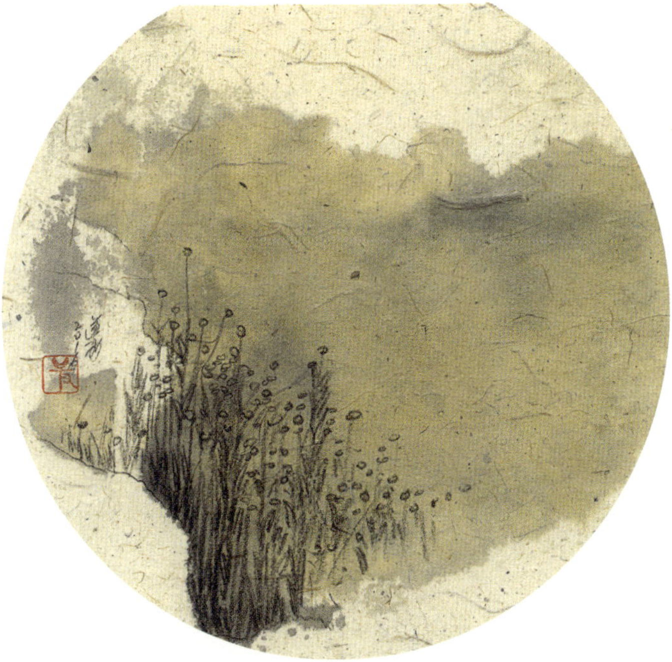

25 冰蓝公社

2013年1月2日，星期三

停了一年的青野复工了，期间我从未去过，并曾想到放弃。我这种性格，太扯淡的事坚决不做，不能做到自己满意的事宁愿不做。

回景德镇赶紧招呼工头老张找人开工，两周内迅速将二楼屋面现浇混凝土封顶，尽快结束建筑主体结构。没准哪天遇上什么破事儿又被叫停也未可知。

停工期间我对青野的思考从未停止。果戈理说:"当歌曲和传说都缄默时只有建筑在说话。"青野将对人们叙说什么呢?

2004年,我和干道甫、老安、朱迪成立了冰蓝公社,中

国第一个当代陶艺家社团。干道甫在陶院读研究生；老安从山东辞职来做陶艺；朱迪在威尼斯生活十几年，来景德镇继续他在中央工艺美院学的陶瓷专业；我认识他们后也在此驻足。

冰蓝公社的动因源于三宝美丽的山谷，那时三宝鲜为人知，我们在山野里踏青、嬉戏、喝酒、玩泥巴，在幽谷深处，水碓旁趺坐冥想。

十年后，大伙成了山谷里的居民，在这里自然安宁地生活，如同武陵人。

我们从不同的地方来此，以不同的方式向社会妥协，躲到社会之外的三宝，属于农民、泥土和窑火的地方。

青野，是我的工作室，也是大伙的聚义厅。多年后我们没了，青野还在；青野迟早会坍塌，我们快乐玩泥巴的《冰蓝公社态度》还在。霍金说二百年内地球将毁灭，若果真如此，人类文明都将消亡，所以重要的是当下。

（周墙陶艺《态度之三》，装置，色釉，1330℃还原烧）

附《冰蓝公社态度》

　　我们是一群既把泥巴当艺术玩，又把艺术当泥巴玩的人，除了玩泥巴，除了喝酒，除了清谈，还有些许共识，如此这般：

　　一、回到撒尿和泥的孩童时代，放松心情，快乐玩泥巴。

　　二、拓展泥巴的语言空间，因为泥巴无所不在，水与火无所不在。

　　三、摒弃陶瓷的实用性、工艺性、艺术性，让泥火传递内心，让内心回归泥火。

　　四、纯粹表现情绪，表现泥巴的自身之美。

　　我们的精神在形而上的空气里飞，创作行为就像小时候砸"黄泥炮"，用力一摔，无论响与不响，都不重要了。

　　因此，冰蓝公社没有宣言，只有态度。

(周墙陶艺《态度之七》,装置,色釉,1330℃还原烧)

26 好建筑是自然的一部分

2013年1月3日,星期四

青野停工的间隙,建筑外立面已确定。停工一年里我对外墙、内置等不断思考,结果之一是非常肯定的,整个青野营造范畴内避免使用陶瓷元素。

景德镇是世界陶瓷之都,几乎家家户户和陶瓷关联,有时甚至觉得陶瓷泛滥,如景德镇市里的陶瓷路灯,粗制滥造的陶瓷产品。还有在全世界摆地摊卖陶瓷的景德镇商人,他们摆摊的头一天卖三千元的花瓶，结束那几天可能会二百元贱卖，不把景德镇卖臭决不罢休。

前几年学者朱大可被政府邀请来景德镇开会，会后打电话给我，说："没想到千古称奇的景德镇如此让人失望。"后来我叫干道甫带他去三宝，走访了冰蓝公社艺术家工作室，他才找到景德镇的美好和薪火相传的所在。

结论，青野 loft 绝不滥用陶瓷材料。青野里出现的所有陶瓷必须是艺术。

最初设计外墙是粗粉刷后在上面扣钢板，岁月风雨下钢板自然锈蚀，那种颓废坚硬的气质就出来了，这是有迹可循的思路。我说服不了自己，三宝世外桃源般的山谷需要一个锈迹斑斑的大家伙吗？我反复自问直到否定。

好建筑是自然的一部分，似山谷的植物从野地里生长出来，似夏日穿过山谷的清风。

27　清风明月都被我设计了

2013年1月5日，星期六

1月5日飞景德镇被雪阻，皖赣普降大雪，航班取消。从机场折返时接了一个约局的电话，我没回家便直接进入了卢中强、张恩超、王小山的德州扑克局。惦记青野，心不在焉的牌局自然是孔夫子搬家——除了书（输）还是书（输）。

二楼很大的阳台，约三十平方米，没有栏杆，这是我刻意营造的另一处危险，像江上的石矶，相对古月潭上面的悬崖。不看书、不写字、不玩泥巴时，我独自跌坐在危险的阳台上发呆，眼前的松风、细瀑、月影，汇聚青野小小庭院里。我暗自窃喜，瞧，清风明月皆入我的庭院。

阳台上需要一席敦实的木头，可以喝茶、饮酒，可以夏夜赤条条地躺在上面纳凉，手中摇一柄蒲扇。

偶有仙人携琴造访，对酌阳台，酒酣弄指，操一曲《酒狂》。新月初弯，鸟虫齐鸣，把酒临风，得意扬扬。

28 水在江湖，云在天

2013年1月9日，星期三

最近政府对三宝的管制有些松动，我叫彭前程打个报告，陈述诸多冰蓝公社 Loft 建成后的意义。这事儿有些扯淡，却不得不扯。在三宝村主任饶金福的担当下，停了十个月的青野 Loft 工地终于得以复工。

说实话，青野建成以后目的无非读书、玩泥，江湖朋友飘忽来去，松花酿酒，春水煎茶。

万夏给我发了一批苏格兰艾雷岛单麦威士忌,岛酒的性格坚硬,能喝出海风和岩石的味道。

伐柯发来十箱茅台,这是要喝死我的节奏呀。柴米无妻,酒肉朋友。

现在能一起喝一壶酒、吃一锅肉的哥们儿最相宜,最难得。倒退三十年愤青眼里朱门酒肉臭,与我谈诗歌、哲学、理想的人,方成莫逆之交。

理想已死,情怀尚再。

此一时,彼一时。不惑之后还追着你谈人生理想、诗和远方的,不是傻逼,就是傻逼。

该吃时吃,该喝时喝,想走时走;水在江湖,云在天。人生得意须尽欢。好酒既到,何愁朋友不闻香而至?

29 营造氛围

2013年1月18日，星期五

青野的混凝土框架终于竣工，历时一年半，叫停一年，施工半年，施工质量和效果勉强及格。主不在，雇不勤。

二楼工作室大窗扑面的山势和卧室小窗探望的幽深，将在任何季节许你静安。

卧室方正。九十厘米高、一百八十厘米长方窗横于东墙，离地面一百四十厘米。这扇窗离后面山最近，满窗一人多高的苇草随日月枯荣。

都说草长莺飞，即便春早烟霞流动，窗外的长草依然静默。隐秘的长草使青野似有聊斋的仙气。焚香趺坐，煮水烹茶，安心静候长草里修仙的野狐长身而起，嘤咛一声，破墙而入。

青野不仅是一个建筑，它营造的是场景，在场景的氛围里，感受最需要顾及。通过窗把需要的外景借入室内，和室内简约的家具物件联合，呈现出应有的情景。

这些是我想要的。

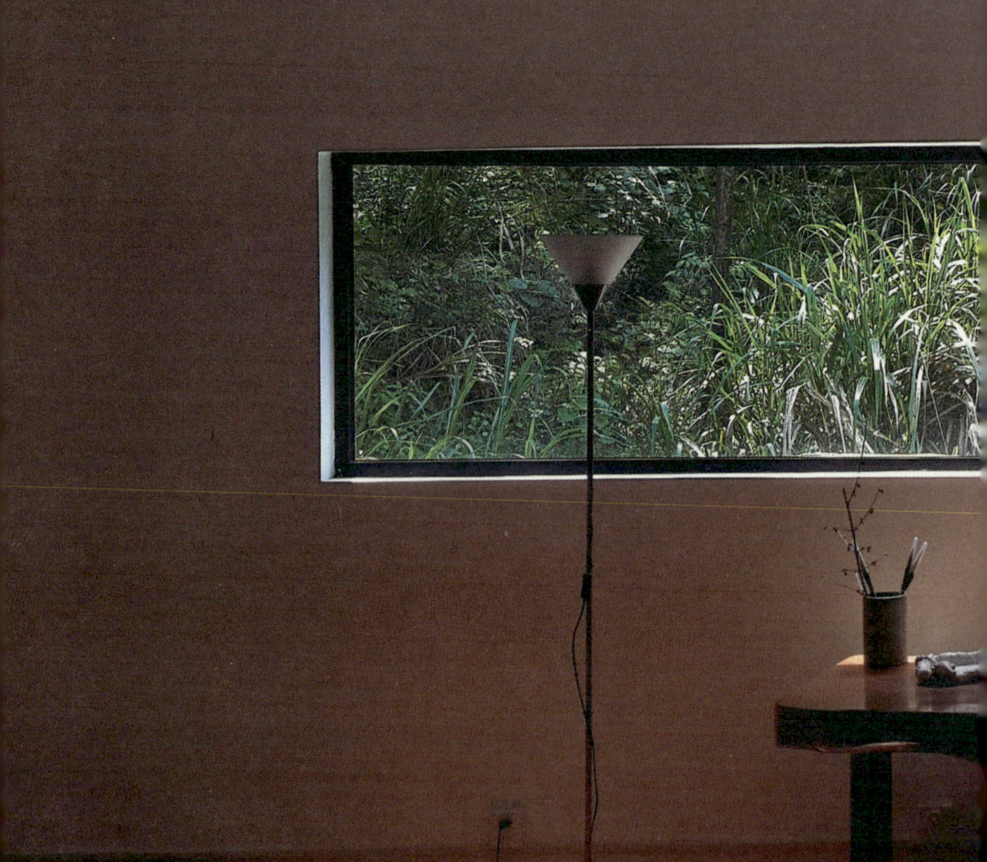

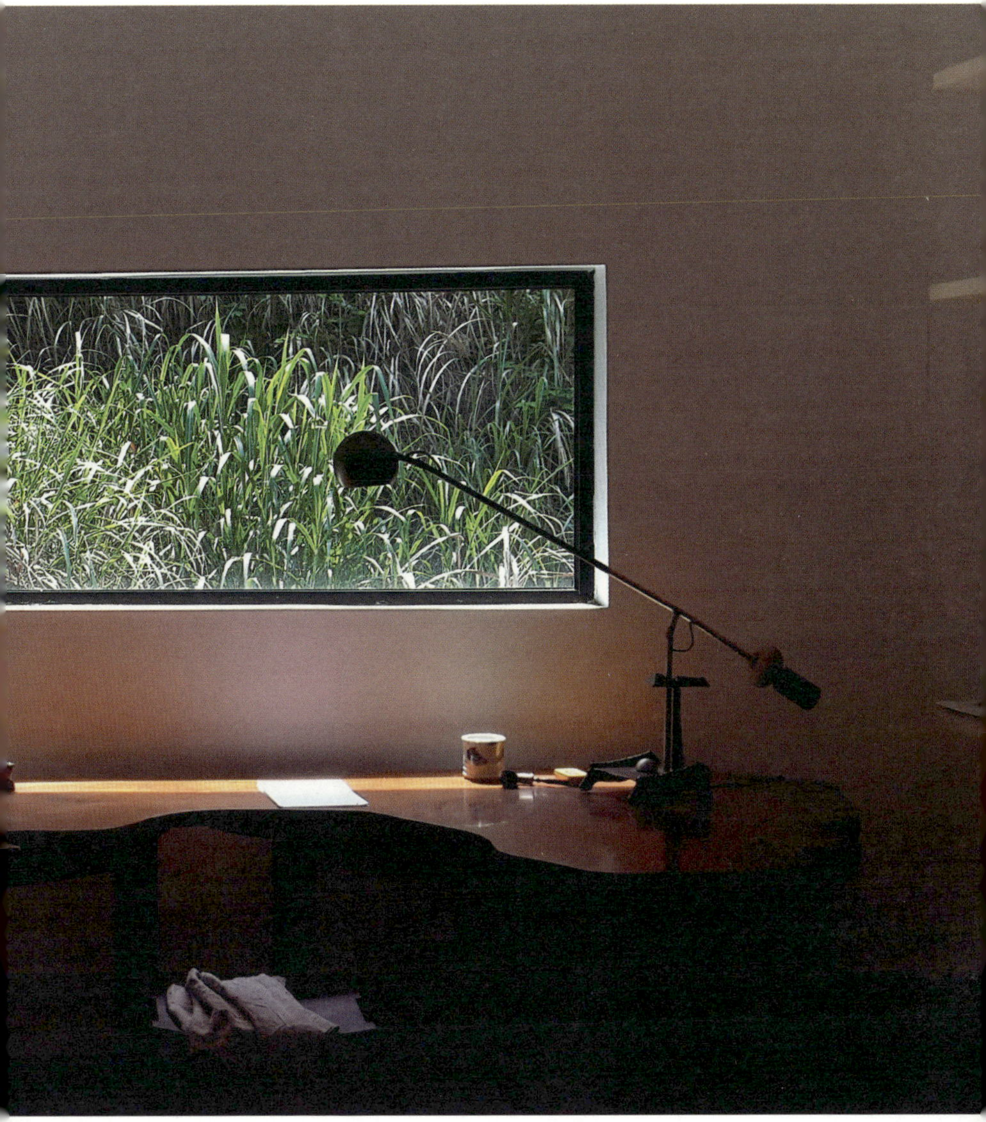

30 门为建筑之脸

2013年2月1日,星期五

门户,门户,先有门才有户;门脸,门脸,门为建筑之脸,可见门的重要。

进入青野首先通过院门,碎石块垒砌的院墙爬满野蔷薇,其间用柴火随意拼装的柴门。月夜,有客来访,"小扣柴扉久不开"。

穿过庭院深深,进入第二道门前,来客已被花香月影所迷,踯躅流连,不急入室。及至主人躬身用力,隆隆声响中把大门推开，客人如梦初醒，感觉很隆重，像进入宝窟。

青野 loft 的主门，十二厘米厚，两米宽，四米高，门下安装铁滚轮。

其他都六厘米厚的实木门，要的是那份厚重朴实。

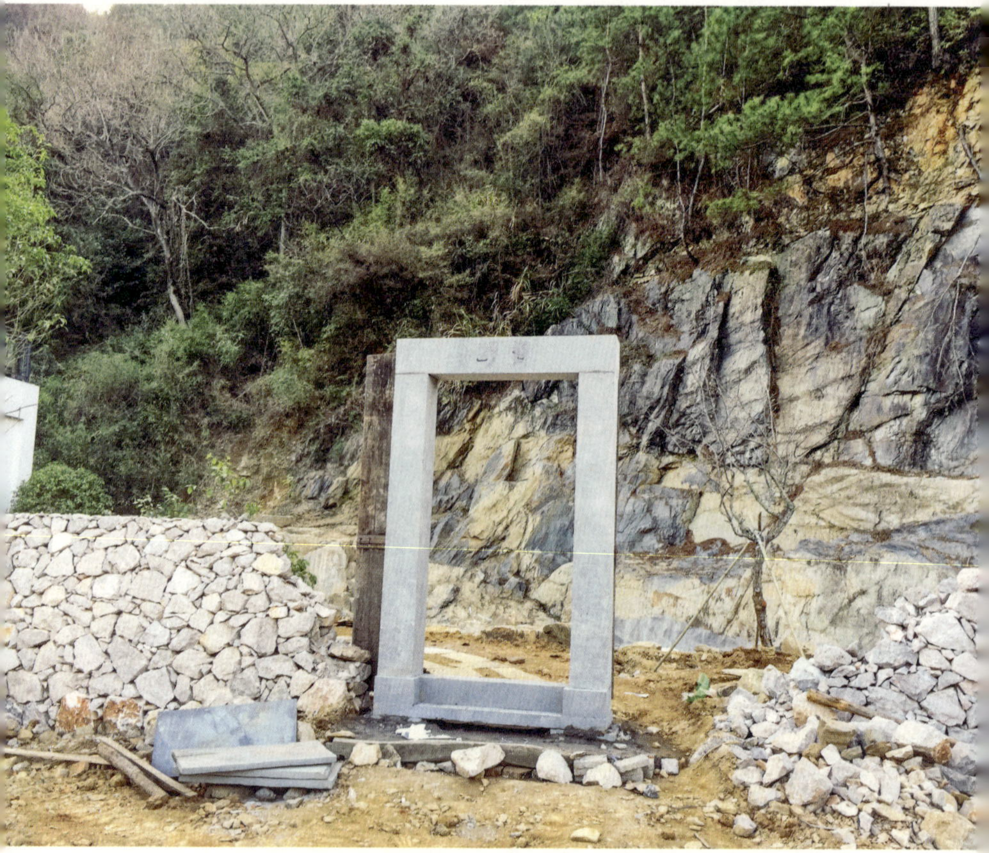

青野

快、没时东海美肉

茶哥的的时间和妹的答额

平静处观叶观花
观鸟时的空气与内心的自在

0.3m

2.2m

31 光阴还在旧的斑驳里

2013年2月3日,星期日

孤独的人是快乐的。守日出日落,看云卷云舒,手痒时将泥巴揉碎、捏紧,放进窑火里锻烧成瓷,聊以自慰。

自慰还有两种方式,撸管和写诗,前者废精,后者伤神。

青野,2

枯坐窗外如坐旧的石头

闭目,鱼活泼泼地在树上

鸟在水里无枝可依

痒,从脚底爬上后背

爬出宿命的痕迹

关门即深山

睁开眼,光阴还在旧的斑驳里

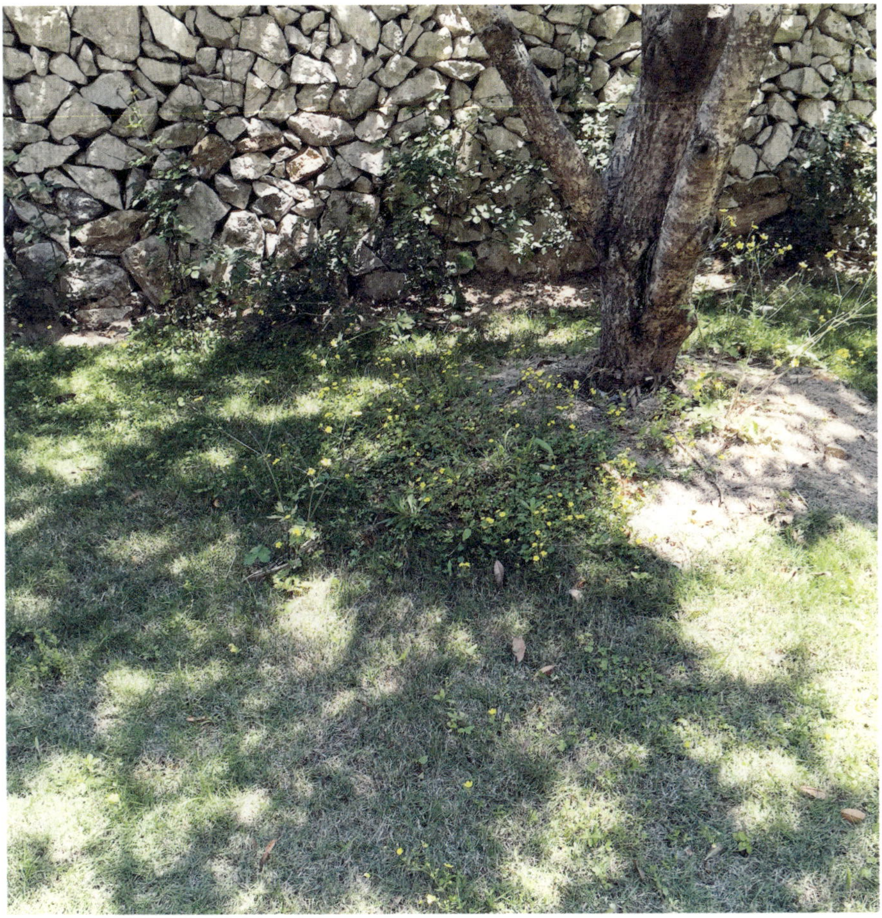

32 古月潭

2013年2月3日,星期日

我和夜的事一言难尽。

青野,夏花初绽或秋虫呢喃的夜晚,书桌是我四平八稳的情侣。坐久了出去走走,清风在侧,明月天边。想和星月更亲近些,在山崖下挖个池塘,独酌无乡亲之夜,薄醉后去池塘摘星揽月,若对影起舞何止成三人。

仁者乐山,智者乐水。野山之下,若有池塘接纳瀑布飞泉最妙。我平素好读闲书,知道藏风纳水的意思。池塘随形

自然，就近取山石驳岸，爱人姓胡，命名"古月潭"。放一只慢悠悠的老龟，几尾活泼泼的锦鲤。日后，与友茶叙池塘边，看锦鳞游泳，寻老龟不见，"风乍起，吹皱一池春水"。顿时醉了，醉入石涛的画中。

有时我会嫉妒老龟，低调潜心水底，把沉鱼之美看够了罢。

青野最富有的是闲情逸致，我和书桌缠绵累了，便出去溜达，无非溜到山根，撒泡野尿滋润野地里的花花草草。

村里人都这样，叫作肥水不流外人田。

33 风景太美
以至风景里的人慵懒

2013年2月14日，星期四

二楼工作室几乎无遮拦地投入后面山怀抱，风景太美以至风景里的人慵懒。夜幕落下隐去窗外的景色，提醒我工作室是用来工作的。

如此，需要一个工作台。

2010前后几年我常去西双版纳，和默默、李亚伟、赵野、高小诗、郭力家、陈琛等哥们儿，在景洪曼陇风小区扎堆买了房子，预备在那里窝冬。喜欢老木料的我和高小诗一起收了几百根金丝楠木的老房料，都是解放前大户人家的梁柱，那时穷人只住得起吊脚竹楼。

我选了六根五米长，宽三十厘米左右的料子，随意长短，两头用钢筋和螺丝铆固，拼成独特的工作台面。木料除台面刨平，其他各面保留原来的刀斧砍斫的痕迹，做两条扎实简单的腿把厚重的台面撑起来。梁柱上有些许榫卯留下长方形的孔，侧面可用来放纸巾等小物件；台面上的孔里种些植物，任意生长，可谓枯木逢春。

我年青时做过木匠，干过钳工，这种想法和设计对我来说非常自然。十几年前我用徽州老旧的冬瓜梁和玻璃做了个构架透明的写字台，很是得意一阵子。

我打电话把这个设计理念告诉在版纳的高小诗，请他拜托黄木匠帮我实现，然后物流运到景德镇。

瞧，青野最重要的，也是最大的家具就这么搞掂。事情没有结束，配上椅子才算完整。可是，配什么椅子呢？

家私的发展历程中，椅子（现在包括沙发）的地位非常重要，它和人体接触的时间最多，并且经常移动，也是和客人接触最多的家具。我崇拜的西班牙艺术家高迪设计的椅子堪称传奇，也配我的工作台，只是一把售价几万的椅子放在工作室里未免过分奢侈。此外，我脑子里检索出在米兰家具展看到的塑料靠背和实木脚结合的椅子，有几种颜色，设计简约时尚，和古旧的台面能混搭出老炮配小萝莉的感觉。

不着急，慢慢来，总能找到适合的东西。

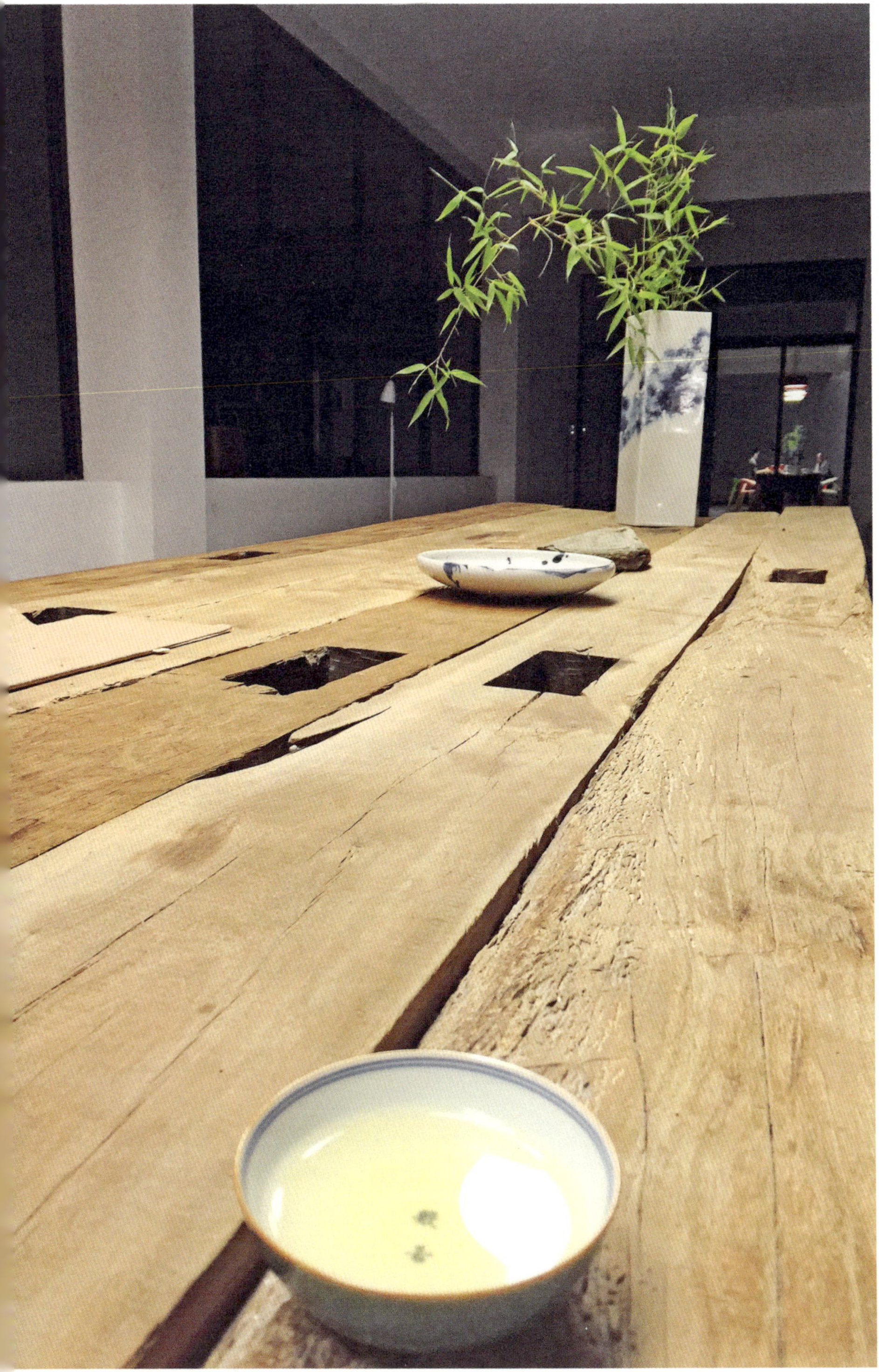

34 翻山越岭的工作台

2013年3月2日，星期六

高小诗发来图片，一个傣族木匠用砍刀修工作台面。黄木匠是个仔细人，他把六根金丝楠木用傣族文字编号，带有民族情怀的工作台将翻山越岭从彩云之南的西双版纳来到景德镇。青野的台面要感谢两个非同一般的人：高小诗和黄木匠。

高小诗不写诗，年过半百满头白发，整个人透着儒雅闷骚劲。他早年在文工团拉小提琴，二十世纪八十年代末因众所周知的缘故身陷囹圄七年。出来凭剪刀和糨糊闯入出版界，做成出版商后不耐烦天天看烂文字，远走银川开茶馆铜壶煮三江。几年前，他茶馆也懒得开，举家迁徙西双版纳虚度岁月，得诨名：虚公。闲来无事帮达官贵人看风水，卜前程，倒也快活似半仙。

黄木匠在版纳是个人物，方面大耳有和尚像，年轻时家境贫寒，1995年底报名参加缅甸雇佣军，先从缅甸政府领五万元生死费给父母养老，上前线看见尸横遍野料无生还，没想到第二天昆沙投降，缅甸政府和平解放金三角。

虚惊一场，凯旋回乡。用五万元本金开始做木材经营，黄木匠为人慷慨重义，生意越做越大。

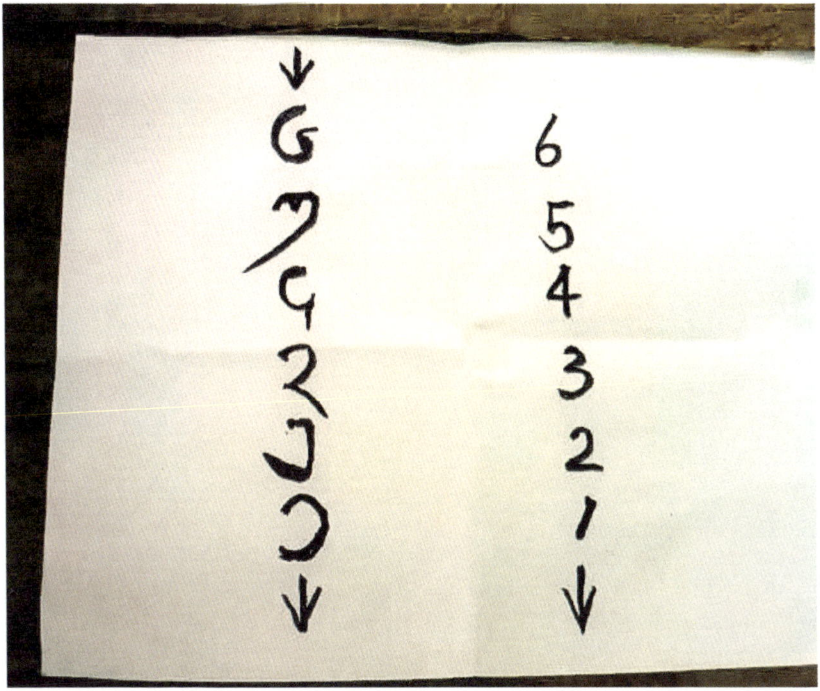
6
5
4
3
2
1

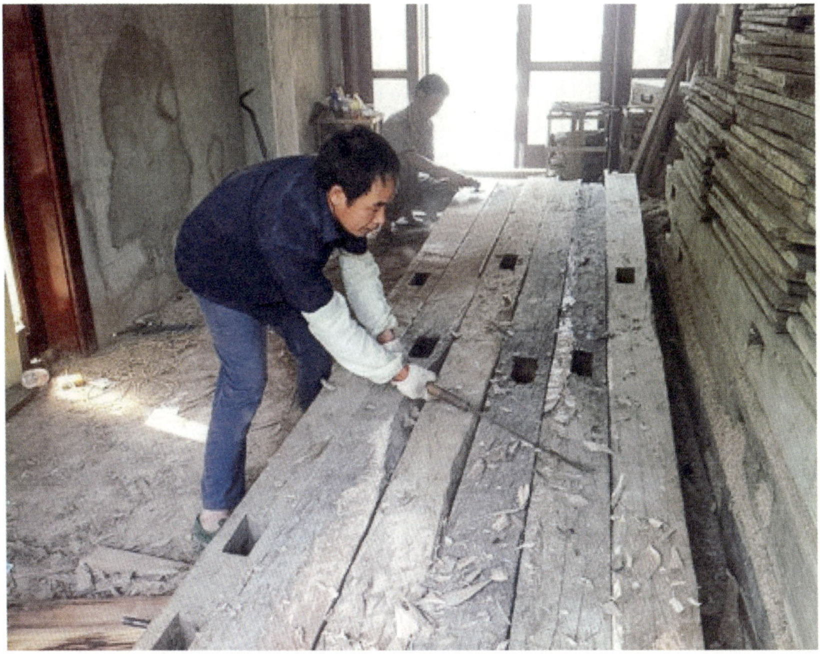

35 春天，花开在石上

2013年3月15日，星期五

青野主入口在路边，通过庭院围墙的门进入，青野loft最先呈现的是院墙。青野需要什么样的院墙呢？竹篱笆、木栅栏还是夯土墙？想起小时候看农家院墙用随处捡来的石头块随意垒砌，天长日久越垒越高，有鸟衔来风吹来的各类野花野草种子落入石缝，春天花开石上。

开始工人用水泥浆砌石块，石头也是五颜六色，砌得虽牢固却像被狗啃过似的不平整。我再次从北京飞来时院墙已砌过半，左右不满意，只好扒掉重来。我亲自指导工人一块一块地垒叠，干打垒院墙底部八十厘米宽，一米八的高度，墙顶端收口为三十厘米。我用足够的石块呈现出围墙质朴厚重的美观度。

关于围墙之妙古人这样摹写：

墙里秋千墙外道。墙外行人，墙里佳人笑。（苏轼）

淮水东边旧时月，夜深还过女墙来。（刘禹锡）

墙西明月水东亭，一曲霓裳按小伶。（白居易）

书墙暗记移花日，洗瓮先知酝酒期。（韩偓）

……

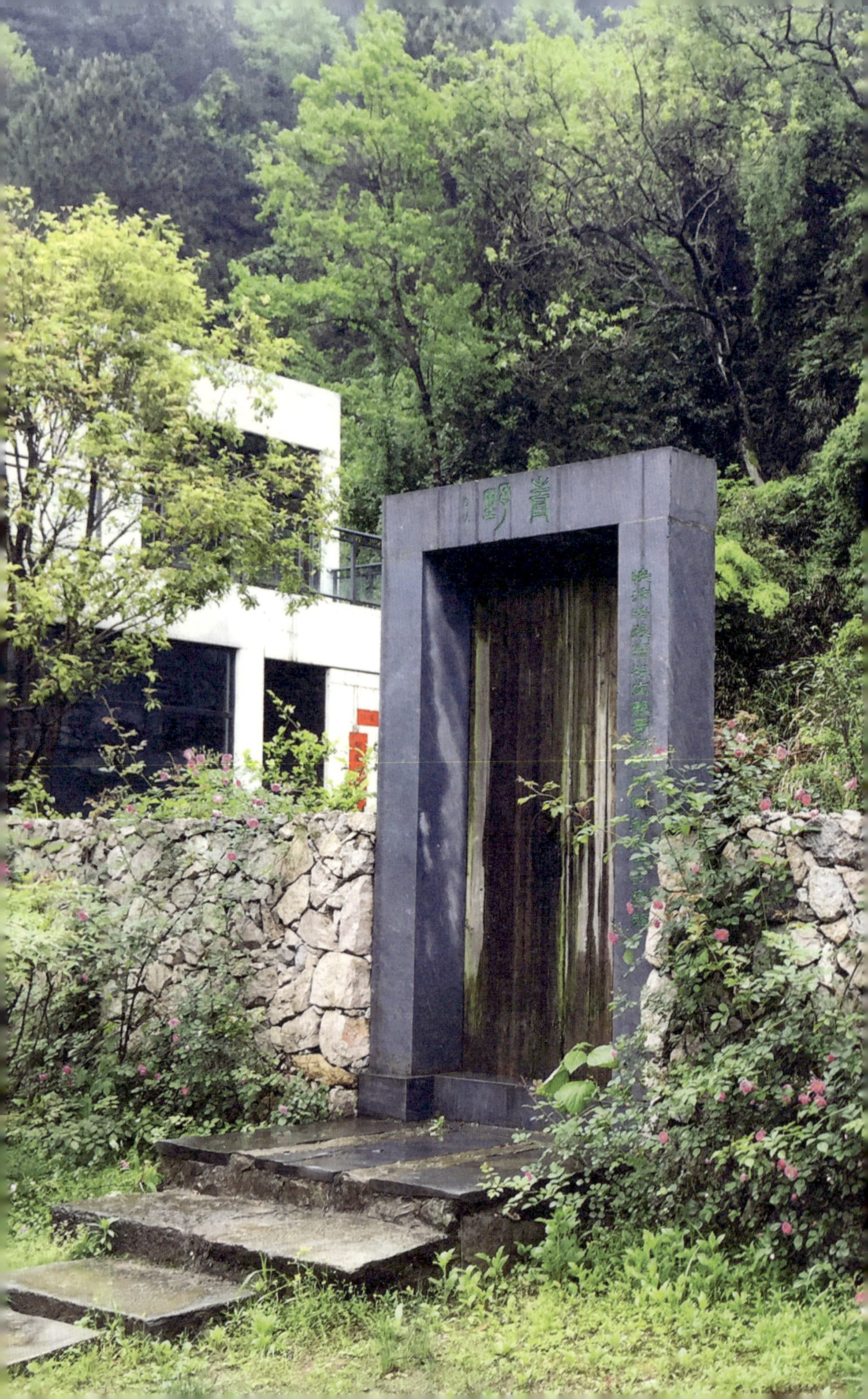
青野

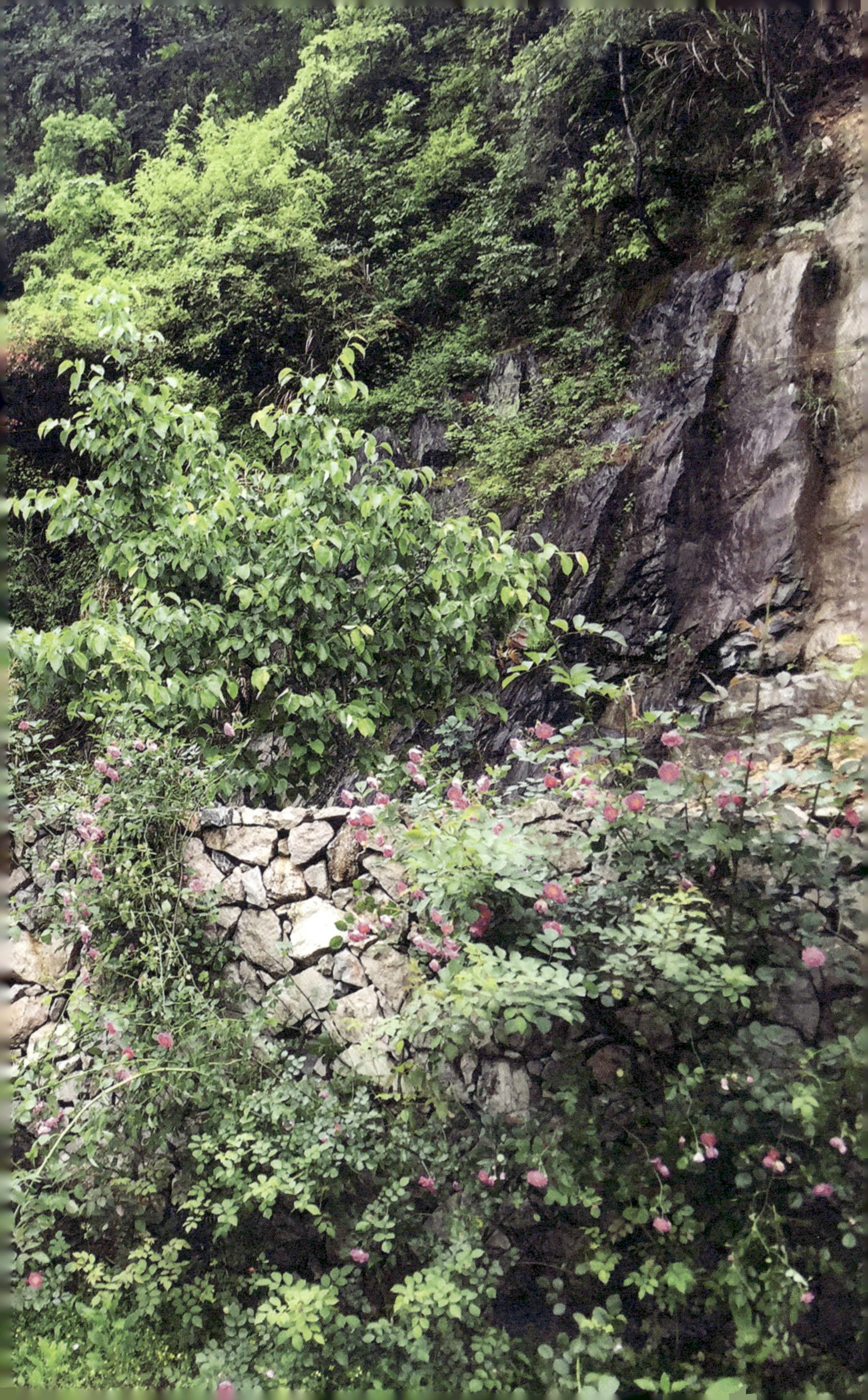

36 光阴是用来虚度的

2013年3月16日，星期六

昨天和包工头张工给悬崖下的古月潭放线，定好今天开挖，怎奈天公不作美，下起雨来。于是买了纸笔尺规，猫在六〇二所的宾馆画庭院的草图。

这情景很像几年前，李亚伟、默默、赵野我们哥儿几个在香格里拉租解放前土司的大宅子，预备做诗和远方的"上游客栈"。他们把我忽悠去，逼我画"上游客栈"的土司楼改造设计图，否则不允许我喝酒、斗地主。初春，高原寒冷，我猫在客栈哆嗦半天画了几张草图,晚上他们准备了牦牛头火锅伺候。

曾经有一段闲逸在云南的日子,我们开车从一个小县城到另一个小县城,吃喝玩乐,斗地主,晒太阳,常常是一路看到四季变换,草黄草绿。

那时我们说光阴是用来虚度的。

那时我们相约老死彩云之南。

如今到处逍遥,沧桑不改。

37 大火

2013年3月17日,星期日

前些天景德镇几个中学生在三宝山上野炊引发大火。大火在国际陶艺村后山蔓延,风把火种又吹到对面山上,消防车无能为力,陶艺村的中外艺术家已成哀鸿,准备弃屋而去。说来奇怪,刹那间风停火小,在消防人员、村民和艺术家们的努力下山火渐渐被扑灭。

火烧之处最近的地方离在建的青野 loft 仅十几米,有惊无险。阿弥陀佛!无量寿福!阿门!

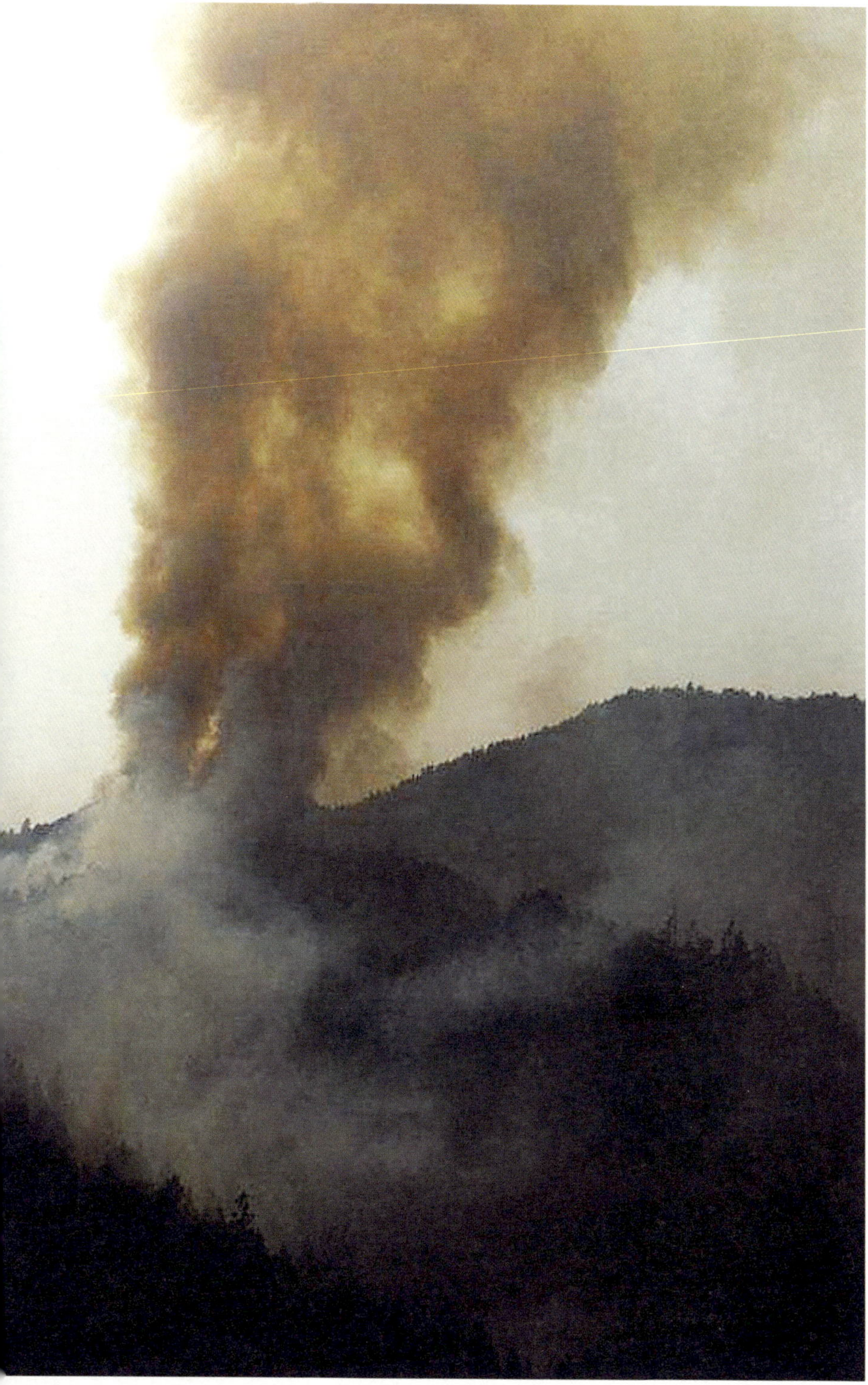

38 阳台

2013年3月24日，星期日

百度百科：阳台是建筑物室内的延伸，是居住者呼吸新鲜空气、晾晒衣物、摆放盆栽的场所，其设计需要兼顾实用与美观的原则。阳台一般有悬挑式、嵌入式、转角式三类。阳台不仅可以使居住者接受光照、吸收新鲜空气、进行户外锻炼、观赏、纳凉、晾晒衣物，如果布置得好，还可以变成宜人的小花园，使人足不出户也能欣赏到大自然中最可爱的色彩，呼吸到清新且带着花香的空气。

青野阳台是悬挑式，约三十平方，正对悬崖细瀑，俯瞰古月潭，左边是山，右边是路，路那边还是山。近看院落，远观

风景,每天开门信步阳台,不由得想唱:"我正在城楼观山景⋯"

最初的想法是青野的楼梯和阳台不设栏杆,刻意营造危险和临界。后来考虑到空间的公共性,那些闻风而至的江湖儿女痛饮狂歌之后难免身不由己,若有栏杆让他们"倚靠""凭借""拍遍"没准会少些危险,多些诗意。

怎么办?现实和理想冲突时我选择妥协,阳台上做了简约的黑塑钢玻璃栏杆。

楼梯宽度一米八,照旧不设栏杆。

39 一院枯荣

2013年3月27日，星期三

院内铺满白色石子，内置大块瓷石山做岛，零星放些历代陶瓷残片。这边高山流水下静水深潭，对应枯山水成一院枯荣。

山脚背稍高处搭草亭，亭里放置干道甫青花，飘蓝系列的瓷桌瓷鼓，园内其余白石子上设原石点缀停步……

身体猛然前冲，飞机落地东京成田机场。原来我是周公梦游，梦里也是青野的设计。日本园林传承了中国唐宋遗风，这次要好生观摩。

悲哀的是，中国最好的文化已不在中国，我们要去外国找寻祖宗的玩意儿。

40 虎皮墙

2013年3月28日，星期四

建筑和后面山之间，三十几米长，三米左右的宽，四米高，犹如峡谷，靠山需要砌挡土墙。做法有多种，我选择了最本土的石块垒砌，挡土墙需要牢固，我和工头交代，水泥浆砌石块后外面堵缝，石头是不规则的，堵缝后石墙远看呈虎皮状，又称虎皮墙。小时候在工矿区常见到虎皮墙，水泥勾缝处长满青苔，墙缝里开出几朵小花。

挡土墙上栽一溜迎春花，慢慢垂下遮蔽坚硬单调的虎皮墙；梅花初谢，星星点点的黄花逐渐升起在垂下的绿丝上，足足养眼二月有余。

谷底潮湿荫翳，可遍植起伏苔藓，苔藓上点几块彭前程做的瓷石山或用手套厂废弃的瓷手做装置。狭谷和庭园交会处砌一堵花墙做照壁分割空间，也可以巧用叠山，把峡谷自然隐蔽，做得曲径通幽。

41 花开鸟鸣,美人何在

2013年3月29日,星期五

没有连续晴天,青野庭园的古月潭不能开挖,否则积水会影响施工。

三宝村油菜花开得正盛,想看更烂漫的油菜花索性驱车去徽州黟县。看望归园的草木山石,有点儿温故知新的意思。

从景德镇到黄山,从黄山到景德镇。这条路我在现实中走,在梦里也走过多少回。它蜿蜒在群山烟云间,白天开车我会随时停下,打开音乐待一会儿,感受青山绿水、白云苍狗；晚上开车仿佛在巨大的动物体内游动，惶恐而美丽。我想我和这条路的情分如江南雨中的彩蝶，薄薄的翅膀扇动着爱与哀愁。

无意的阳光蒸发了失落和感慨。我径自到归园的龙川小筑，几厢菜地收拾得整齐，像是要种点儿什么。以往除了秋天遍种菊花，其他时节种各类开花的蔬菜，美和实惠并存。

让我清心的是满架紫藤花盛开如半空中的彩云。李白有诗道："紫藤挂云木……春风流美人。"

正值春好，花开鸟鸣，春风习习，美人何在？

条石供桌安置在高大的三角枫下，过去我常把自己当贡品盘坐在石桌上，供养天地。旁边独立的奇石似米颠拜过的那块，心有不解时我常叩问它，有时默默地和它对坐，从下午到黄昏。所谓：花若解语应多事，石不能言更可人。

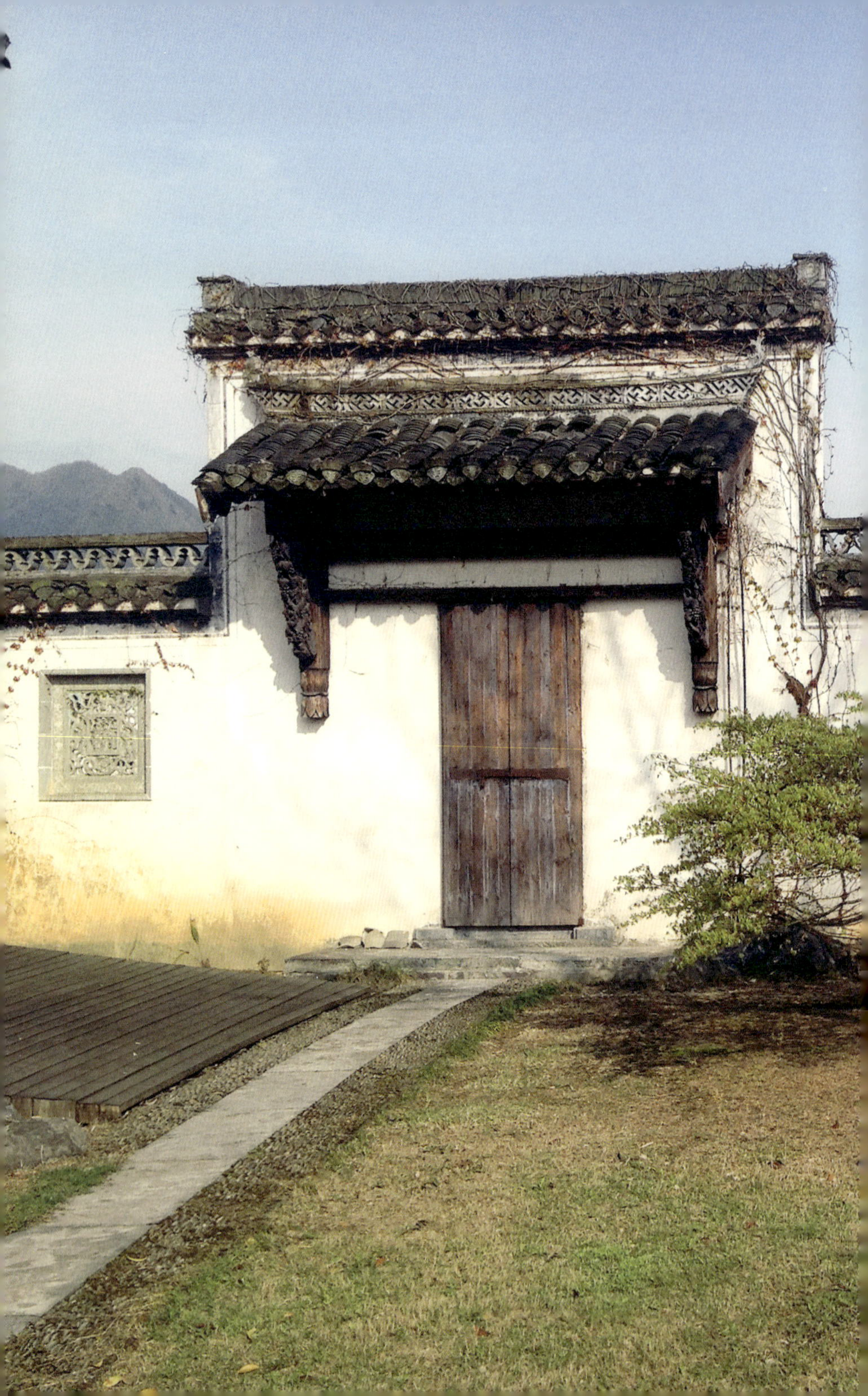

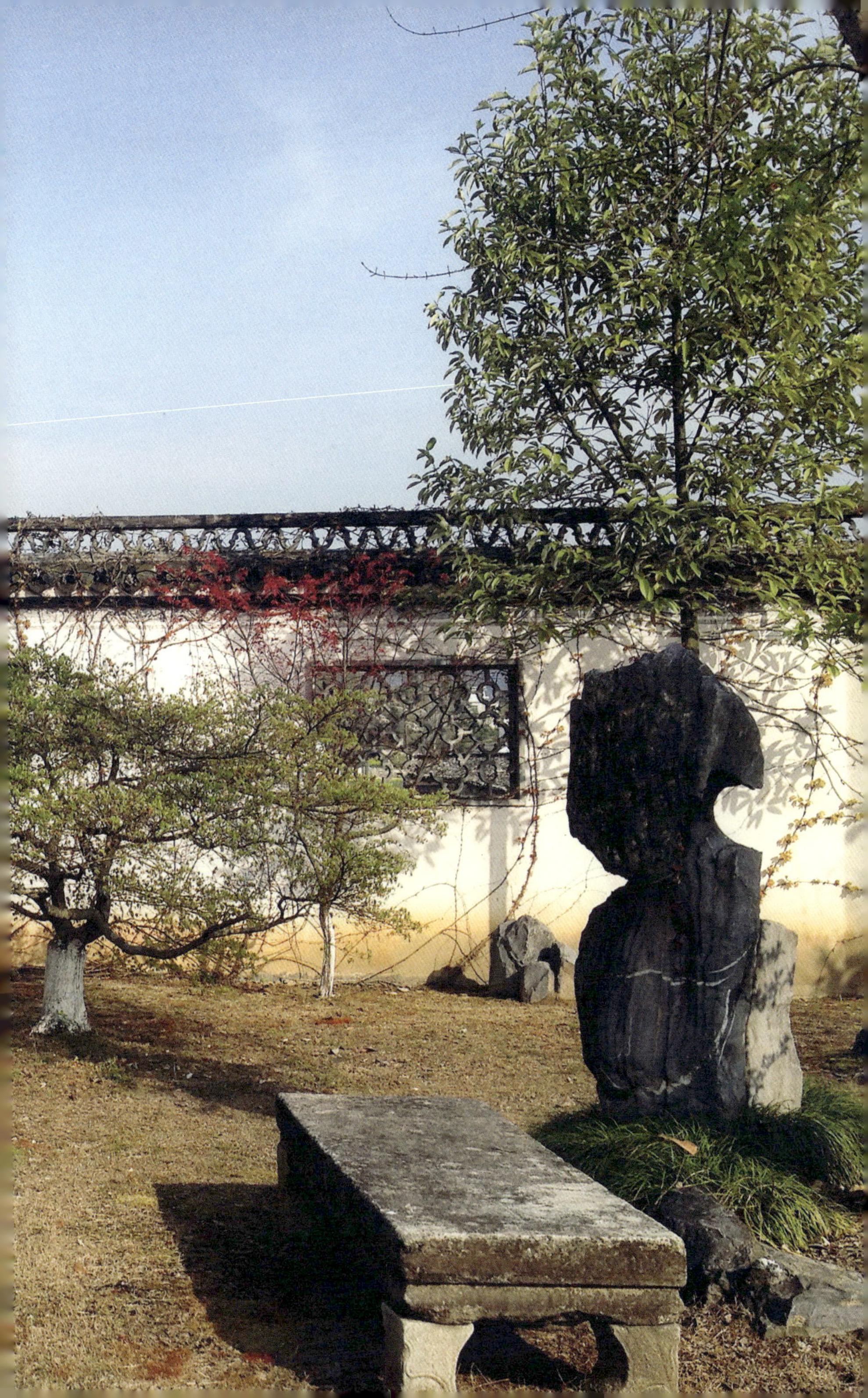

42 猪栏三吧

2013年3月30日，星期六

经一塔，过一桥，穿油菜花间小径来到碧山猪栏三吧，上楼坐在浮于油菜花海的阳台，心旌摇荡如阳春泛舟。

寒玉用二十世纪七十年代老旧的搪瓷缸沏罢新茶，接着说："墙哥，你喝几口茶，我把刚写好的诗抄出来给你看。"

安徽谚语："油菜花黄，女人发狂。"写诗的女人若狂起来可了不得。

油菜花、新茶、新诗，江南人待客奢靡如斯。

读寒玉滚热的诗句时听到她自语:"今天总算没事了。抽一支烟。"

常听说饭后一支烟,酒后一支烟,床后一支烟,都是拿来和神仙比快活的;才知道诗后一支烟快活如许,神仙莫及。

小光在楼下吆喝吃饭的声调,像是回到了七十年代,你妈喊你回家吃饭的光景。

晚上和寒玉、小光、欧宁、余强横扫鱼塘一桌乡里乡亲的土菜。

43　书架

2013年3月31日，星期日

我是不安分的人。

小时候随在地质队工作的父母南北迁徙，长大后自己的家搬来搬去，习惯了在路上、在别处的生活方式。

如今告别十年的归园田居，将开始景德镇青野 loft 的泥禅山隐。我生活的地方，最多最乱的是书籍，桌上、床头、厕所都是，貌似时刻在读书；每次搬家会淘汰一些读过的书籍，不久又增添许多。

青野是我的工作室兼书房，几十年来戒过烟、戒过酒、戒过猪肉，不戒的是每日阅读的习惯。我是贪财好色的玩主，书中自有颜如玉，书中自有黄金屋。

青野的书架设在二楼，卧室和工作室两面北墙上，是开放式的，直接用角钢做三角支撑，垂直固定在墙上；上面置放六厘米厚三十厘米宽的实木板，可以放书和陈列我的陶艺作品，简单、实用，符合陶艺工作室的气质。

44 为什么叫青野

2013年4月1日，星期一

是的，常有人问：为什么叫青野？

"青青子衿，悠悠我心……"出自《诗经·郑风》，"呦呦鹿鸣，食野之苹……"出自《诗经·小雅》，二诗各取一字组成"青野"。二阕《诗经》诗名结合即"风雅"。青野乃风雅之所也。

曹操的《短歌行》把它们都归纳进去了，可见曹操也是钟爱这二阕《诗经》的。

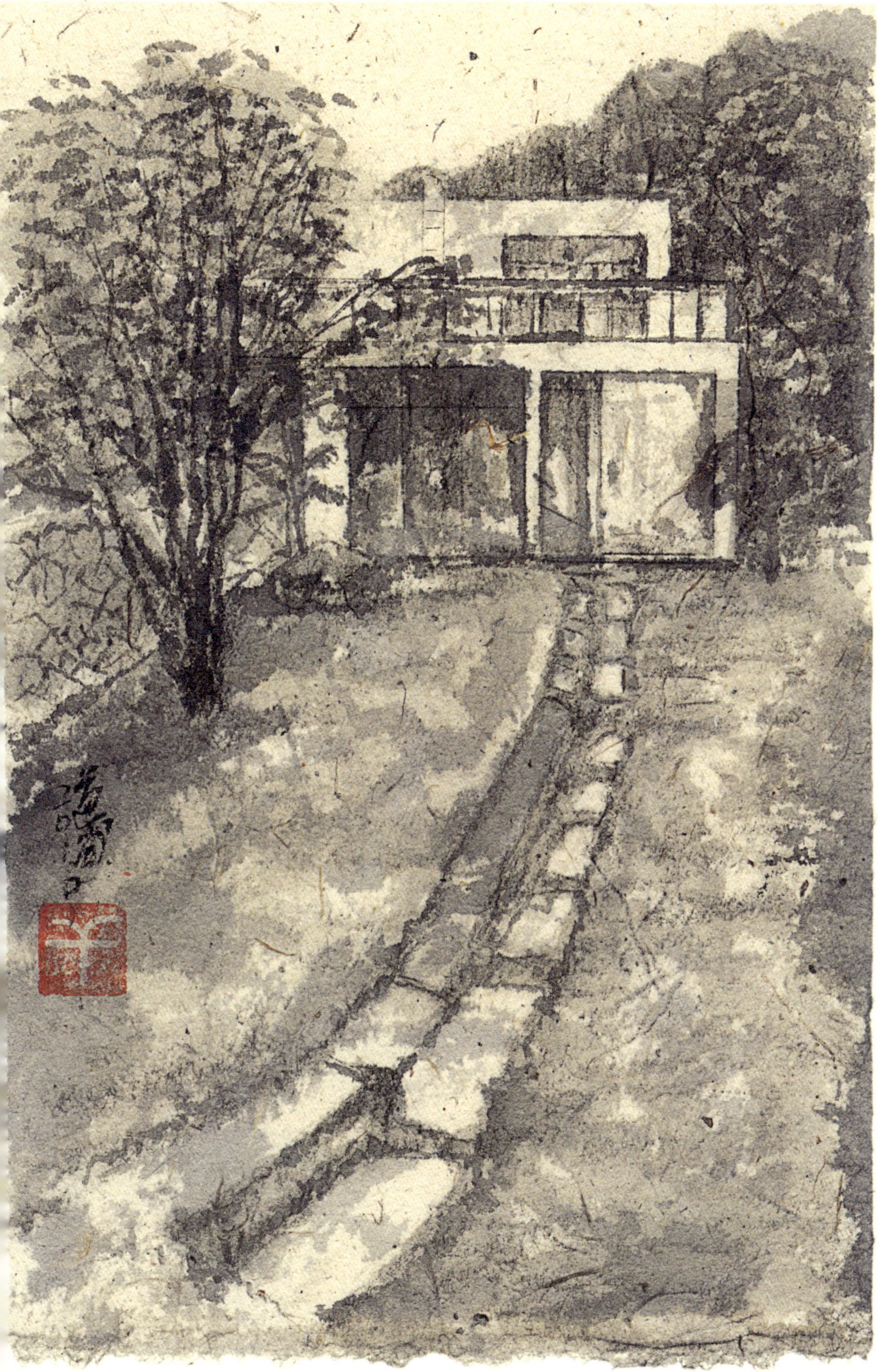

对酒当歌，人生几何？

……

唐朝诗人胡曾的一首七律最得我心：

半床秋月一声鸡，

万里行人费马蹄。

青野雾销凝晋洞，

碧山烟散避秦溪。

楼台稍辨乌城外，

更漏微闻鹤柱西。

已是大仙怜后进，

不应来向武陵迷。

　　青野的初心没有那么多的讲究。2010年归园春夜，我薄醉于"烦了斋"栏杆上，做了一个春梦，梦中和狐仙画了卍形园林草图，书写"青墅"二字。清风迷人，狐仙翩然而去时长袖拂掉"墅"下面的"土"字，便是"青野"的由来。

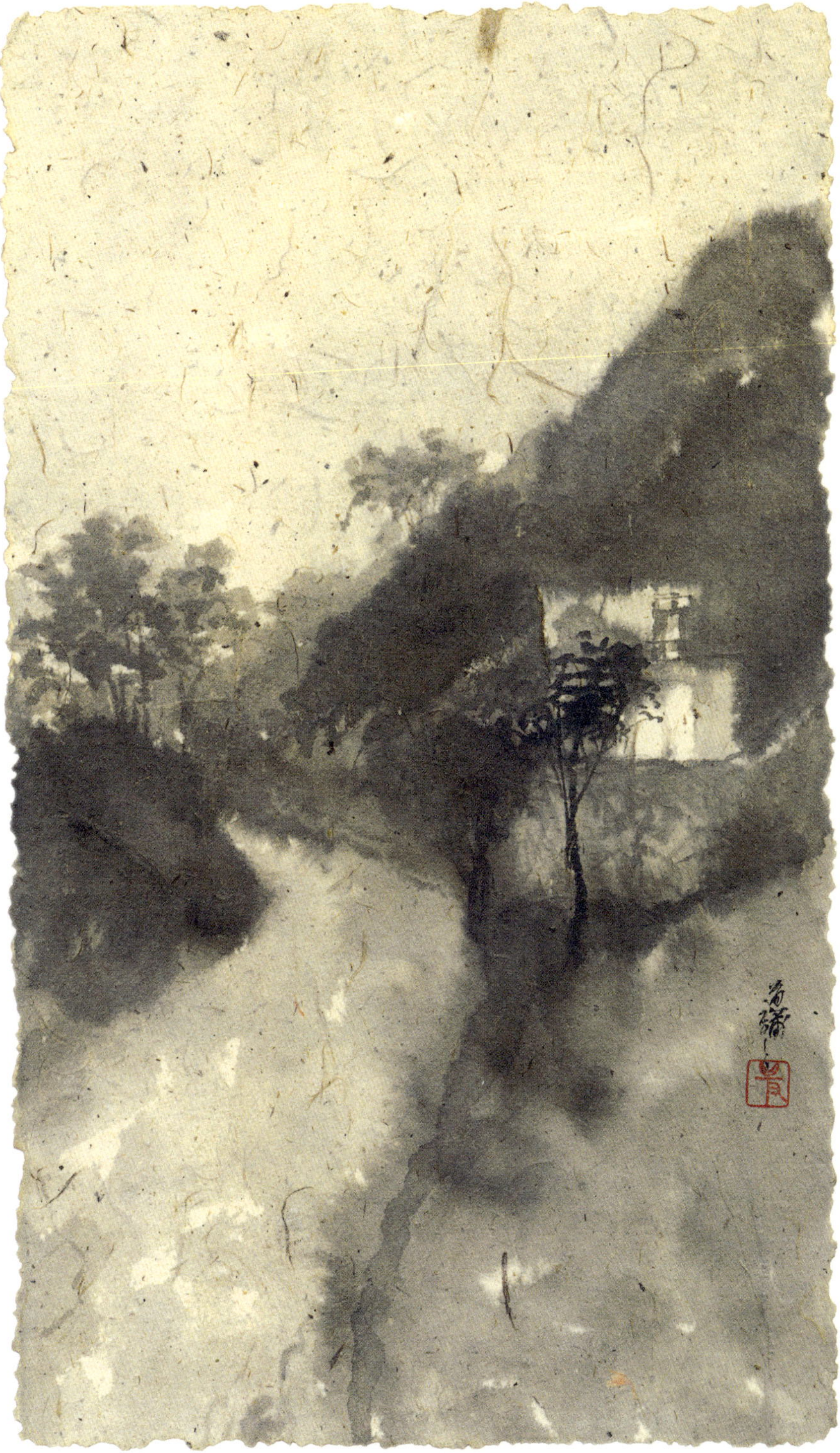

45 清水混凝土

2013年4月2日,星期二

青野一楼展厅,我刻意保留清水混凝土屋顶,尽管当地工程队做工粗糙。当年营造归园,归波楼客厅也保留清水混凝土屋顶。水泥斑驳坚硬的肌理,低彩度沉稳的气韵,天然厚重与清雅,无不透露阳刚性感的气质。

这是我喜欢的建筑元素,同时向建筑大师安藤忠雄致敬。当今世上活人,我有两个偶像,诗人——导演阿巴斯,拳手——建筑师安藤忠雄。我曾经去日本遍访安藤的清水混凝土建筑，我希望自己能够营造心中的理想的清水混凝土园林。

青野，3

和彩蝶相对

它在想，我会不会离开

我在想，它会不会扇动翅膀

46 停住才是目的地

2013年4月3日，星期三

几天前，我曾经认识的一个在秀场跳舞的佤族小伙儿，买彩票中了五十万，辞职时他说：不跳舞了，回澜沧江老家去修个好房子，像墙哥一样闲着。

这些年，我万水千山只等闲的生活方式的确影响了些许无聊有趣的人。

到乡下去，借一亩三分地，自己动手盖一间上挨着天，下接着地的房子；围个小院，种果树、蔬菜、花草，鸡下蛋，狗看门；沏一壶茶，看花开花落、云卷云舒。

这些不难，难的是放下。放下贪欲，放下虚妄，远离名利是非，做个简单的素人。

繁华将败给时间。放下即心安，停住之处才是目的地。

47 枯山水

2013年4月4日，星期四

一片白砂，几块石头，即大千世界。以砂为海，点石做岛，砂纹波浪随心意起伏，是枯山水的境界。

枯山水源于日本，在没有溪水泉池处营造无水之庭，观侘寂，观自在。

我想象青野门开，满院白砂，如雪后初霁，青石搭成桥，在白砂上曲折延伸，中间分叉，一路通往古月潭和后面山，点

几块选了又选的石山于白砂之中，每日用竹耙理出不同的水流，或急、或缓、或旋涡，皆由心情而变。置身简洁之美的园庭，好比古人，可以故作踏雪寻梅、踏雪访友、踏雪归山，终归踏雪无痕，如枯山水般宁静忧伤。

青野园庭里枯山水与古月潭枯荣对照，动静和谐，枯砂海中点缀石山如古刹老僧。

48 窗内窗外，诗意交替

2013年4月5日，星期五

再说说青野的窗，整个营造环节中令我煞费苦心的部分。建筑构造私密空间，窗恰恰是有机地开启建筑内外的沟通。窗是建筑的肺，负责室内外空气的交流，吐故纳新；窗是建筑的眼，由内向外延伸视线，透过窗借景，远的村落、田畴、炊烟，近处树木、蒿草、昆虫。

沿路需要闭合，开窗不当会增加噪音、灰尘。一楼展厅开窗不可多，不可乱，须留大面积墙面和空间，用来布展；二楼开天窗和日月星辰对话。

我印象最深的窗是《梵高的卧室》,梵高精神状态高昂的时期,搬到新住处,画了自己的房间给弟弟提奥看。画面色彩鲜明愉悦,有床、桌子、椅子,窗扇虚掩,由窗内的暖色,可以感觉到窗外的明媚的绿意。画里的窗让人浮想,打开窗,进来的不仅仅是阳光和空气……

还有一幅黑白照片,作家罗素坐在小木屋里伏案打字,窗户洞开,窗外是宁静的海。这便是我年轻时梦想的场所,只因那时看到这幅照片,我努力至今。

"上帝说,要有光,便有了光。"曙光、日光、暮光,白驹过隙,归来去兮,沧桑不改。日夜轮回,窗内窗外交替诗意。

49 人和自然共享静谧与光明

2013年4月6日，星期六

站在青野的后面山上，长时间站着，眼看周围的草木山涧、知名的不知名的花鸟虫鱼。我企图和它们沟通，请求允许我冒昧进驻它们的地盘。我想说，我和它们一样是自然的孩子。

青野渐渐落成，它们静静地待在那里，没有回应。

人类并不强大，甚至禽类打个喷嚏都让人恐惧。动物和植物的自在快乐随时令人类惭愧。

青野是有机的，是我遁世之所。在这里，人和自然共享静谧与光明。

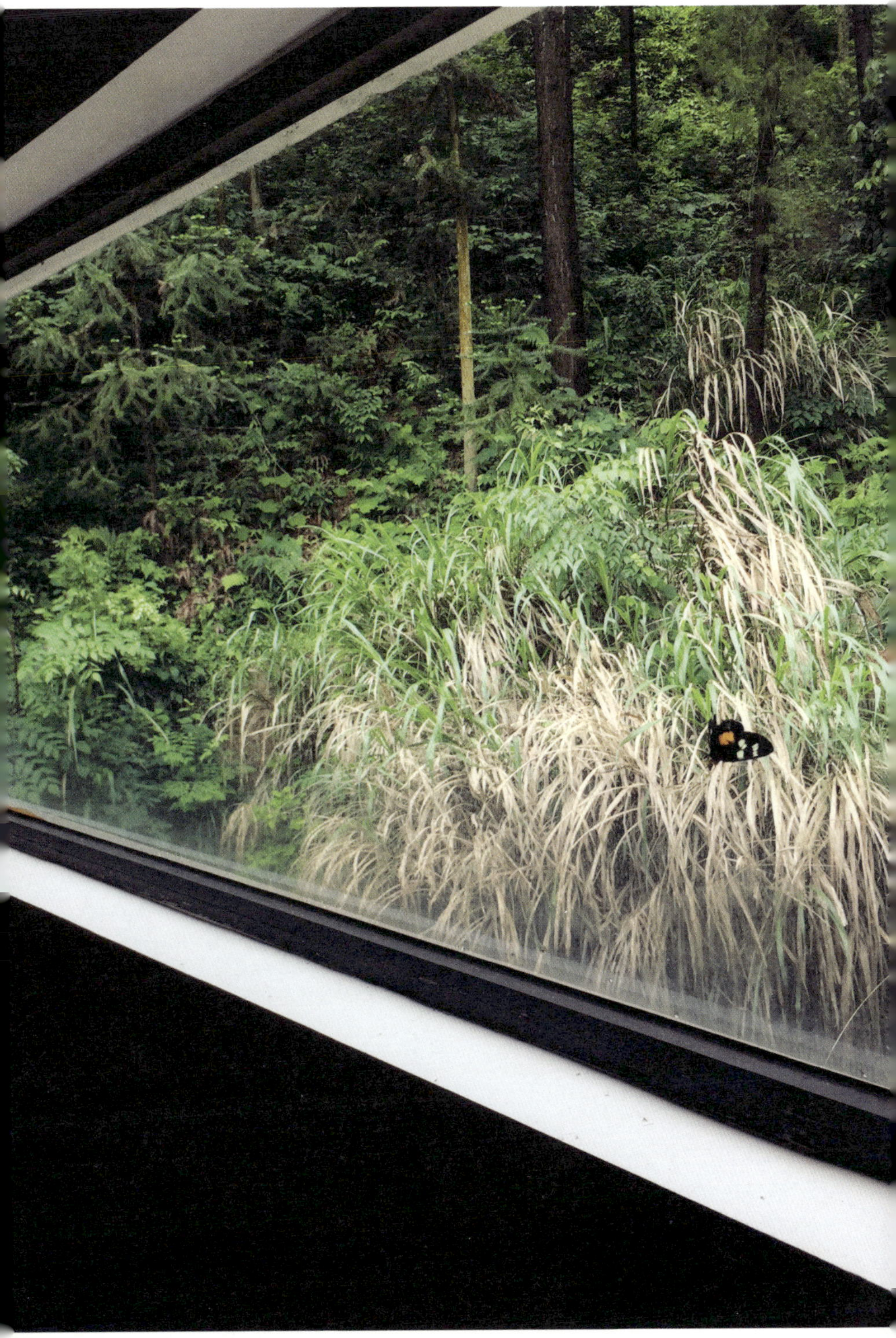

50 每一个建筑师都必须是诗人

2013年4月9日,星期二

赖特说:"每一个建筑师都必须是诗人,他必须是他那个时期、那个岁月、那个年代伟大的真实的解读者。"

我是诗人,用诗歌解读过历经的时代沧桑,也曾经用陶艺对话过远古的文明。诗人建筑的"青野loft"将容纳、记录青野田居之后的诗人和他的朋友们,记录泥与火爱的纠缠。

黑格尔不经意的一句话,把音乐和建筑揉在一起:"音乐是流动的建筑,建筑是凝固的音乐。"这个冷峻的德国老头概括得如此诗意美妙,我年轻时读他《小逻辑》感到的枯燥、郁闷和对他的厌倦,因读到这句话而化解。

现在我要考虑如何表达青野的韵律,或者说青野的诗性。

51 我听到时间飘落的声音

2013年4月10日,星期三

少年时喜欢贺铸的《六洲歌头》:"少年侠气,交结五都雄,肝胆洞,毛发耸,立谈中,死生同,一诺千金重。"

青年在敬亭山麓读李白:"弃我去者,昨日之日不可留,乱我心者,今日之日多烦忧……抽刀断水水更流,举杯消愁愁更愁,人生在世不称意,明朝散发弄扁舟。"我花一个礼拜将这首诗编成武术套路,自娱自乐。八十年代初,我和老丁、北魏在此结社写诗,谋生,大伙咬牙切齿地表态,挣到五万元便进山，林泉烟雨一生闲。

　　渐入中年重读苏、辛滋味自不同前，"大江东去，浪淘尽，千古风流人物……"的东坡，"醉里挑灯看剑，梦回吹角连营……"的稼轩。那时惨淡经营，醉生梦死的我，常常半夜惊醒，诘问自己莫忘初心。

　　现在，和隐逸辋川别业的王维共情了。在青野的营造期间，王维是始终陪伴我的老师。若是在青野庭院的景观里能读到王维的影子，那就对了。

　　　　人闲桂花落，夜静春山空。
　　　　月出惊山鸟，时鸣春涧中。
　　　　　　　——《鸟鸣涧》

　　　　木末芙蓉花，山中发红萼。
　　　　涧户寂无人，纷纷开且落。
　　　　　　　——《辛夷坞》

空山不见人，但闻人语响。

返景入深林，复照青苔上。

——《鹿柴》

空山新雨后，天气晚来秋。

明月松间照，清泉石上流。

——《山居秋暝》

王维诗入禅境，在自然的天籁里安守静谧。

静谧使空间变得无限大。

闭上眼睛时间也凝固了，我趺坐成植物，日月交替、餐风饮露，一旁长草里的狐仙如我寂寞，鸟和鱼对话，不在江湖的鱼亦可相忘于溪涧。

夜晚，陌生的身体躺在梦幻的空间，青野的静谧无限蔓延，我听到时间飘落的声音。

多少年后我的踪迹只有鸟和鱼知道。

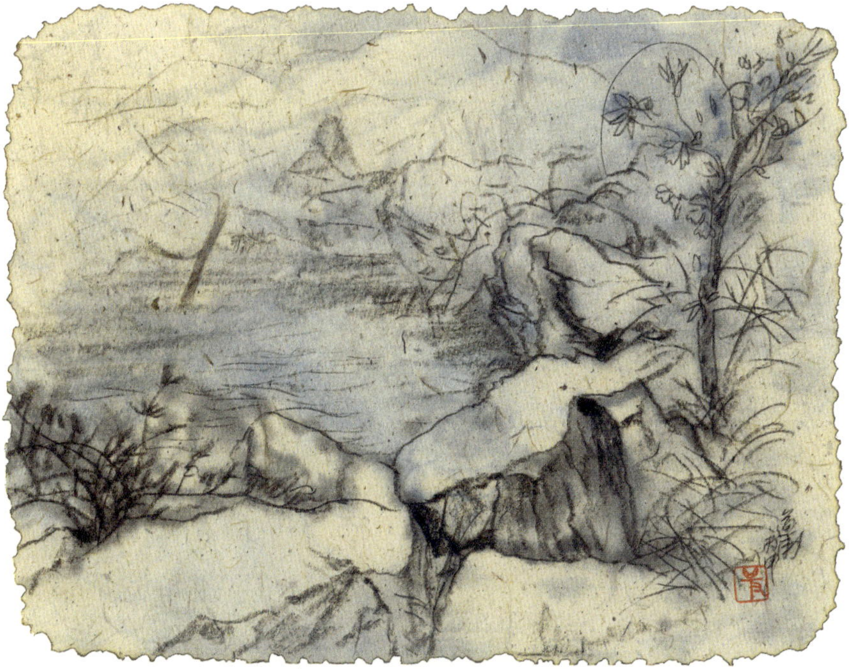

52 一地鲜花是青野唯一可以打扫的垃圾

2013年4月11日,星期四

创造有情绪有故事的建筑,如拍一部电影,写一首诗,如暗香一缕燃于心间。

故事是彩色的,有花有草,随季节次第芬芳。屈子说:"绿叶素荣,纷其可喜兮。"

我少年的理想是在大观园当园丁,旁观十二钗的秀丽,黛玉葬花后添一捧土;妙玉煮茶时加一块碳;湘云眠石在旁遮一遮风。园丁身在草木,心系花儿。

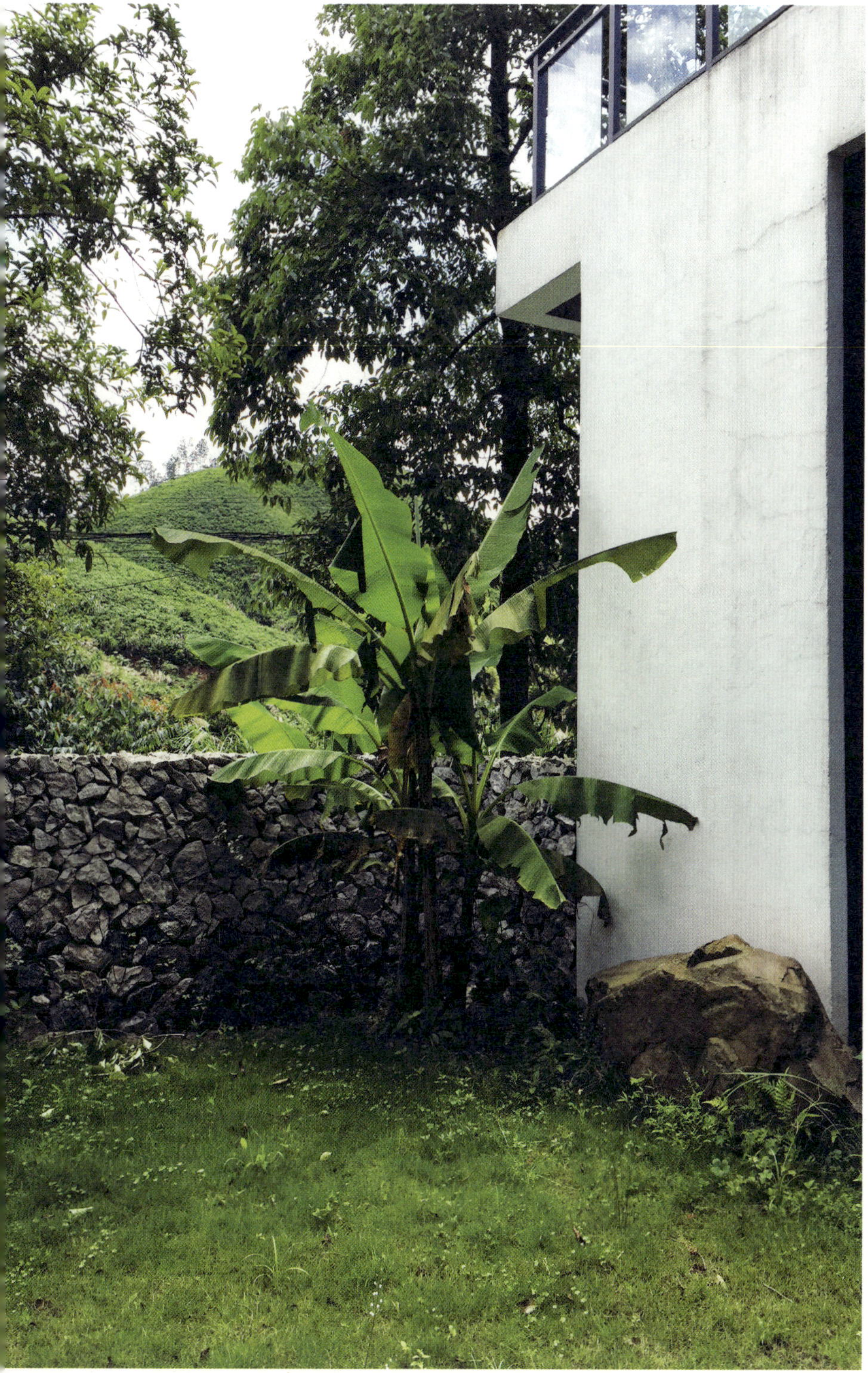

青野庭院门外种南天竹,夏季生白花,秋天结红果,花、叶、果俱可药用。

门内植含笑一棵,花开春深,香浓如蜜,她在那里含笑迎客、含笑送客。

院墙内外密植带刺的野蔷薇,任其爬满墙头,只见繁花似锦,从春到秋此起彼落,既可观赏又能防贼。野蔷薇中间可以种些凌霄花、木香花和忍冬,都是藤本植物,可以丰富和延长花期。

古月潭边植迎春花,岩石上攀援扶芳藤。

还有兰花、映山红、十里香、栀子花、茶花以及不知名字的野花,它们都是青野的主人,各自芬芳安逸。

知否?窗外须种几棵芭蕉,很多时候,你的寂寞将幻成雨打芭蕉的清音。

他日宿醉,依稀"昨夜雨疏风骤",晌午起床,想着去清扫庭院,打开门却不忍心踏出半步,枯荣参半的草坪上落英缤纷,古月潭里花瓣飘摇。春天,一地鲜花是青野唯一可以打扫的垃圾。

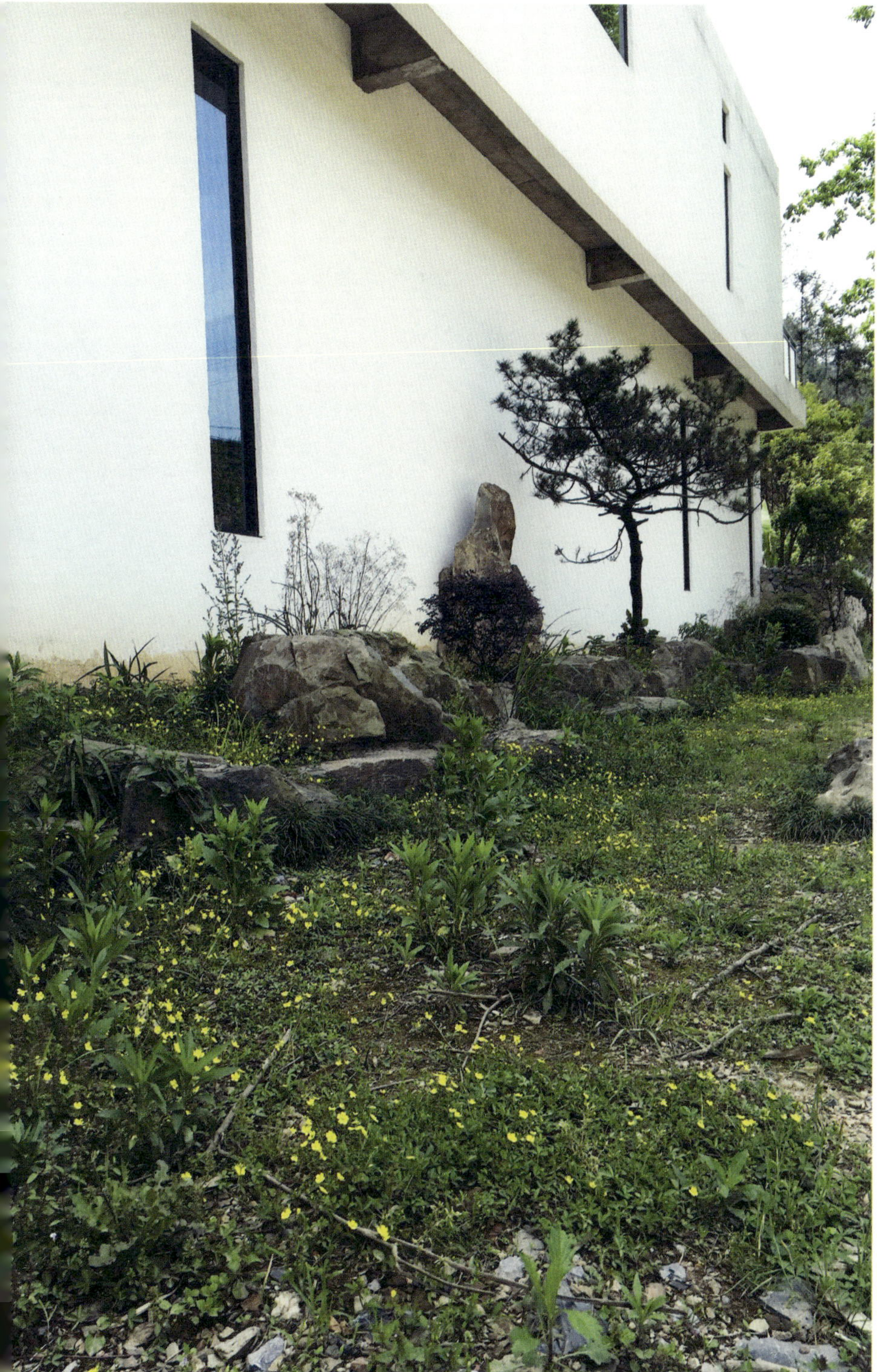

53 诗意空间

2013年4月12日，星期五

整个营造的过程充斥不确定性，唯一确定青野是我玩泥巴、晒太阳、发呆的场所，须有与之匹配的场所精神。

年轻时写诗曾追求诗的建筑性，把方块字当砖堆砌在稿纸上，现在营造建筑的诗意空间。诗和建筑是相同的。

建筑可以度量，建筑的精神不可以度量，人文空间会消失在时间里，诗意将永存。

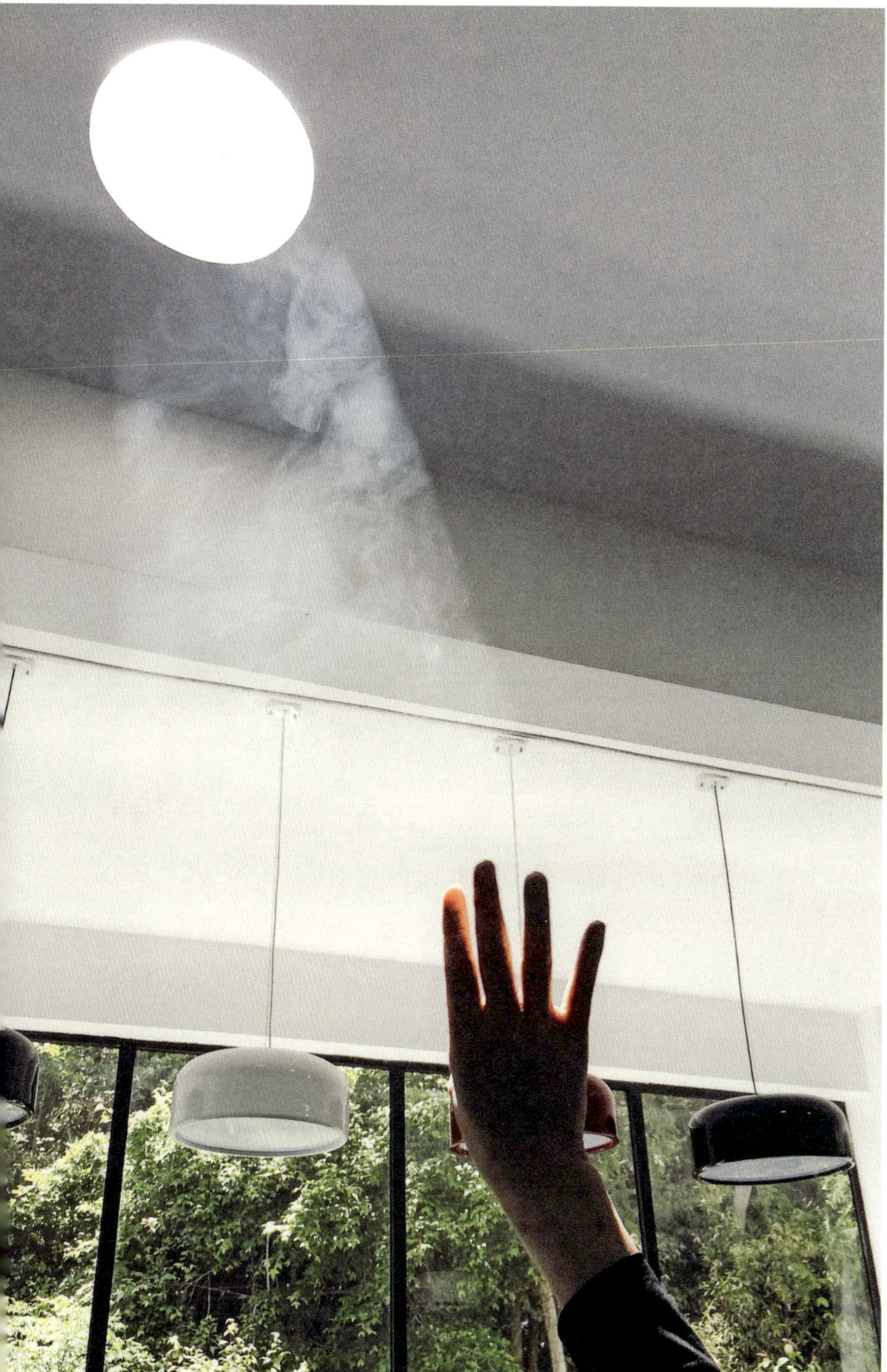

54 打个盹

2013年4月14日,星期日

打个盹,灵魂出窍在三宝山谷里游弋,停留于青野,屋子空荡荡的,每个窗口都像眼睛,黑幽幽地望呆,太阳泼洒在山上、屋上、野草上,没有故事。

醒来,正下午,往常约朋友去丽都一朵瑞酒吧聊天晒太阳,晚上寻一小馆,浅斟慢饮。现在被首都上空的超级雾霾困在屋内。看新闻,浙江的死猪成群漂流到上海,城市犹如垃圾场。于是,想逃离霾都、逃离钢筋混凝土林立的大城市。

哥们李亚伟说过:"我愿意在心里、在东北、在云南、在陕西的山里做一个小诗人,每当初冬时分,看着漫天雪花纷飞而下,在我推开黑暗中的窗户、眺望他乡和来世时,还能听到人世中最寂寞处的轻轻响动。"

下周青野开始做庭院,开始营造园林中最享受的那一部分,是深思熟虑的结果。

55 月影里，与鱼儿推杯换盏

2013年4月17日，星期三

我和弟弟少年随沙国正先生一脉研习形意拳，练到半吊子时常找人试手，胆子大的喝嘟天，天天像横着膀子的螃蟹，在江南小城九街十八巷乱窜，派出所几进几出。

1982年冬天，遇到长我七岁的大学教师老丁和小学教师北魏，哥仨聊的上头，遂成立"三人行诗社"，我忽然发现自己内心向往的是与街溜子不同的生活，是另一种江湖。从此，我收起野性，写诗、读书、习武。

如果不遇见诗歌，我现在将怎样？

人生的每一个阶段我都会叩问，并用这样的方式提醒自己。

归去来兮，田园将芜，胡不归？

及至归时，身体已被世俗岁月折伤了元气，今天在工地爬上爬下居然大背扭筋，想来羞愧，碌碌无为不知老之将至。好在心性自然如初，身体却是容易恢复的。

中午偶遇老友，海派画家陆春涛，请他在"南河鲜"餐馆小酌，往事佐酒，陶陶然。

他日青野落成，有朋自远方来，把酒临风于庭院。无客时，古月潭边一渔夫，月影里，与鱼儿推杯换盏。

56 出乎意料的惊喜

2013年4月22日,星期一

4月19日、20日两天两夜加起来睡五小时。既定21日一早开挖池塘,我20日晚饭后从黟县归园驱车景德镇,几乎是在瞌睡和混沌状态开两个多小时抵达三宝。现在想起有点儿后怕,生命的本质存在比生命中的任何东西都重要。

次日,亲临现场指挥挖掘机开挖,得到许多出乎意料的惊喜,峻峭的山势和池塘的自然结合浑然天成。

李白的明月,王维的明月,苏东坡的明月,我的明月,落在碧水深潭里，千年共婵娟。

若我没来，不在现场，绝对不会有现在的效果，重要的事必须亲力亲为，营造中没有人可以代替主人和设计师。

反省：可以用生命去营造快乐营造危险，不能冒着生命危险去营造。

57 断离舍

2013年4月23日,星期二

前不久去日本京都待了十多天,除去寻找美食,其他时间都在观摩学习园林和庭院。京都是仿中国唐代长安建造的,虽然规模比当年长安小得多,在日本堪称杰作的园林,约半数都在京都,这里完整保留一千五百多座寺庙,许多寺院本身就是一座秀丽古雅的园林。京都天蓝水绿,空气里没有灰尘,干净得自然而然。

京都给我的何止感动。营造之美依赖传承，传承比营造更不易，它要和时间、自然、人性对抗。

回来后我思索良久，决定断离舍在院子里曾经想好的枯山水设计，非不能营造，实在难以维护，户外白砂几个月会成灰砂，几年后可能变成黑砂了。

在景德镇三宝可以逃离城市，却逃不脱雾霾和灰尘。

58 院墙

2013年4月24日,星期三

院墙最普通不过,二十世纪八十年代之前,中国大多数人住平房,但凡有条件的人家都会围个院子,无论大小,用什么材料围的都有。

普通的事儿做好不易。青野院子定下来用石块垒砌,可是我没有时间去相石,工头老张拉来的石头只图方便,不是又小又难看,就是大而不当,色泽杂乱,围墙砌一半被我叫停,推倒重来。

选好石头我带工人们在山谷里观摩了几家农户的挡土墙、院墙，告诉他们如此这般随意垒砌的，像随意叠加每一日的平凡生活。

　　院墙砌好后往石头缝填充泥土，日久野花野草昆虫便会安居其中。

59 待茶喝完，青野就老了

2013年4月25日，星期四

青野围墙渐渐垒起，我得闲踏青，往祁门芦溪乡寻找安茶。

车行路上，一边是山，一边是水，看起来水流的方向有异，相传徐霞客曾来此并留言："天下之水往东去，唯有此江向西流。"此江为阊江，经瑶里到景德镇就成昌江了。芦溪乡因为河流多的缘故有两个火车站，别人这么说总觉得不靠谱，架桥难道不比建火车站节约成本？事实是这里的确有两个小火车站。

芦溪有名的自然是安茶，又被广东人和东南亚人尊称"圣茶"，它有却病的功效，是唯一在药店里可以买到的茶，由于用竹篓和箬竹叶包装茶，它还有个雅名叫"篱载兰茶"。

现在土豪偶尔品尝并晒图的所谓"老六安"便是成年的芦溪安茶。

安茶是一种半发酵紧压茶，介于红茶、绿茶之间，其色泽乌黑，汤浓微红，味香而涩，别有风味，以百年老字号"孙义顺"为上品。

芦溪藏于深山无人识，一条大河，两岸青山，几十里茶香。抗战时期断了交通，安茶运不到广东，从此不再生产。二十世纪八十年代末，有东南亚华侨携老六安茶找来，希望进货，政府组织技术人员和老茶农共同研究，恢复了安茶生产。

下午在孙义顺品茗，和当年参加恢复安茶生产的非遗传人汪镇响老先生聊茶事。我一高兴把他仓库里几百斤陈年茶都买了，存放于青野，慢慢喝将来。

待茶喝完，青野就老了。

60 禅诗

2013年4月26日，星期五

  不惑之后好读禅诗，犹喜王维诗的静、空、飘、逸，苏东坡、黄庭坚、李清照等也写过好的禅诗，许是和心性关联，读来读去觉得还是出家人的禅诗有味道，偏爱宋代无门慧开和尚，没比的好。近期青野渐渐出型，感觉尤甚。

  下列两阙和尚的诗，一雅一俗，一静一动，别开高远生面。

（一）

春有百花秋有月，

夏有凉风冬有雪，

若无闲事挂心头，

便是人间好时节。

（二）

宽著肚皮急叉手，

镬汤里面翻筋斗，

浑身糜烂转馨香，

那个禅和不开口。

61 流而

2013年4月26日，星期五

路过青野的人都将驻足这山谷深处的悬崖飞瀑，进入庭院越发叫好，恰到好处的人文院落将陡壁映衬得峻峭奇绝，细瀑飘下来，落在崖壁上，缓缓流入古月潭。

我和万夏常在北京"园景酒吧"买醉，子夜酒高时，他用手机给我看过两个字——"流而"，是他手抄《金刚经》第二十五遍里的字样，整篇书写得醉意朦胧、翻江倒海、风平浪

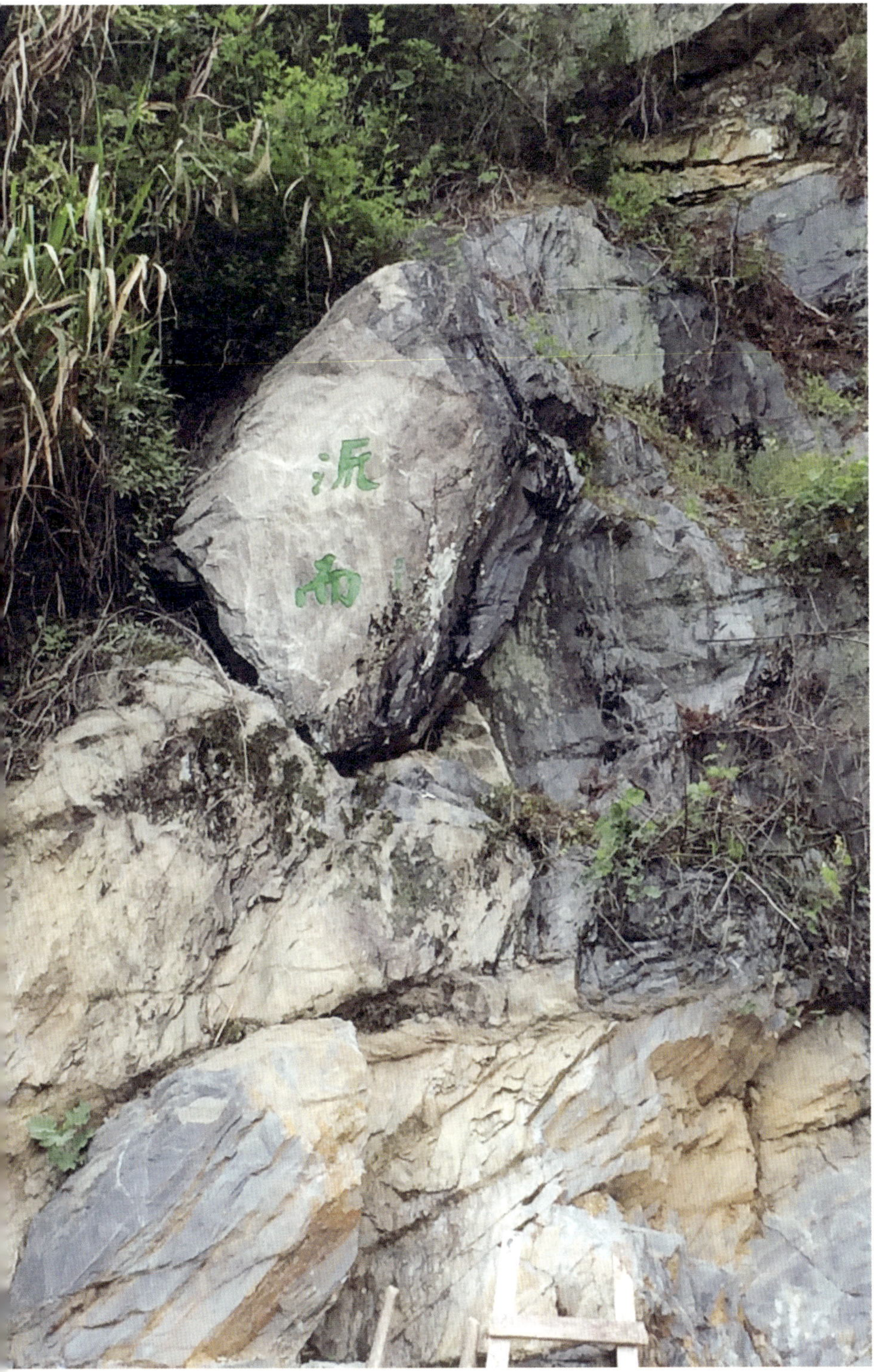

静,既非承前,亦不启后,自有万夏酒后一贯的疯魔劲儿。其中"流而"二字并非词语,是《金刚经》第九品里的一句"须陀洹名为入流而无所入",那篇抄经里唯"流而"二个字写得舒服好看,我喜欢二字连贯起来产生的新意,遂向万夏讨来这篇《金刚经》,同时准备把"流而"刻在细瀑旁的摩崖上。如此,或能以《金刚经》镇住一方水土里的邪魔,山人可以高卧青野,只是别吓着狐仙,那样会让长夜变得冷清无聊。

古月潭旁我挑一块好石头,在上面手书"语冰"二字,夏虫不可以语冰,谁可以语?

泥是泥,火是火,没有灿烂,没有窑变,没有进的忐忑和出的悸动。

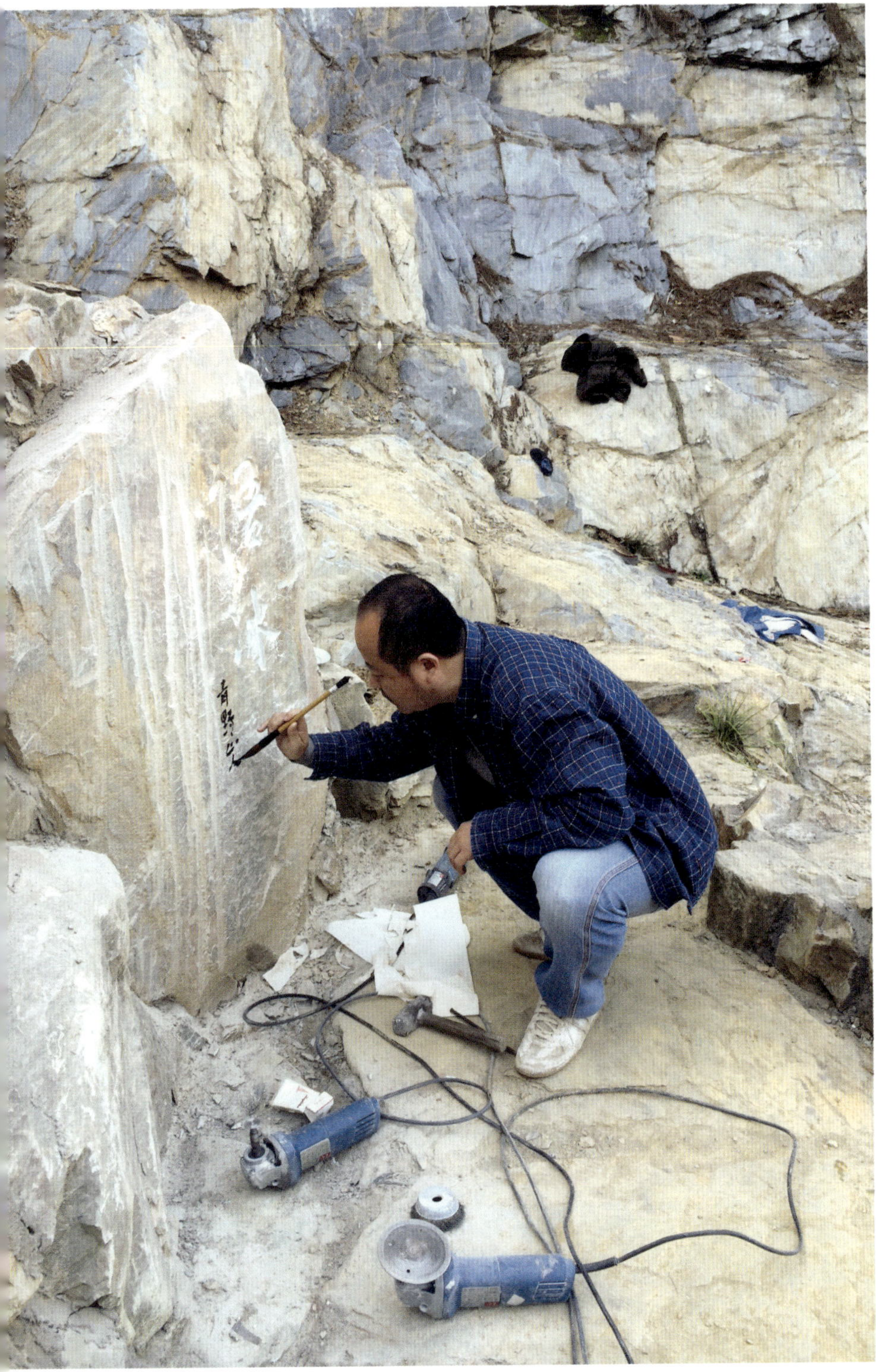

62 生活总有些遗憾，时间会把它酿成酒

2013年5月1日，星期三

云南大学老师，小兄弟吴白雨专门给青野做了个建水紫陶墨盒，图片发来我很欢喜，小器物上的文字般若雅中见拙，把当代艺术的碎片、拼贴和建水陶传统的刻、填、磨的工艺融合，堪称精品。

接着白雨发微信给我说：被偷了。

我回信：望窃者真心喜欢，好生收藏。生活总有些遗憾，时间会把它酿成酒。

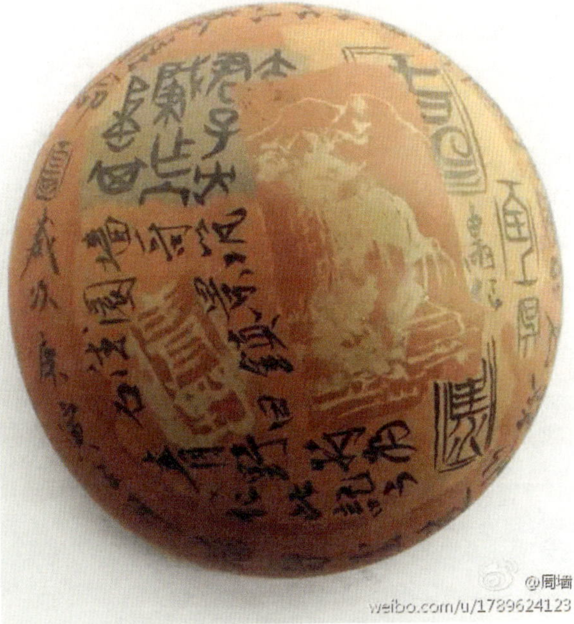
@周墙
weibo.com/u/1789624123

63 食色空间

2013年5月8日，星期三

孔夫子两千多年前编订《诗经》时知道青野（青青子衿，悠悠我心……呦呦鹿鸣，食野之苹），并总结出："食色，性也"。

饮食为了生存，玩色釉为了生活，青野正实实在在地营造食色空间。

食必须有厨房，青野的厨房最初考虑是敞开式，和二楼工作室一体，没事的时候招呼山谷里的居民们来做几个菜，包个饺子，喝个小酒。想想这会耗费大量精力和时间，直接影响我来景德镇玩泥巴、读书的主要目的，决定将厨房放置在卧室里，不起明火，用电厨具解决烹调，基本满足饿时煎鸡蛋、煮泡面或炒饭煲汤之类简单餐饮。

  电饭煲、电磁炉、电冰箱是青野厨房的所有硬件，再用十五厘米厚实木做个台面，简则简也，周大厨一样烹调出美味的早餐和夜宵。

64　朋友是最好的下酒菜

2013年5月11日，星期六

青野厨房格局决定这里做不了大餐，并不妨碍组大局。庭院草坪上可以烧烤，二楼可以做冷餐会。有朋自远方来，懒得动手，出门往左是出三宝的路，走七八分钟到干道甫青花山庄，最窝心的是阿干家私房菜，大厨是他妈妈。我是无肉不欢的主，干妈妈做的肉圆子、红烧肉、卤鸭子常令我和冰蓝公社的兄弟们大快朵颐。自家地里薅的蔬菜，自家鸡下的蛋不用说了，连盛食物的器皿都是干妈妈亲手捏造、柴窑烧制的。原生态有机到底，那叫一个奢。

继续往前走二十分钟向左爬很大坡至老安工作室素"心山房",建在山腰上,风景自是独好。威海人老安包饺子拿手,朋友们喝茶聊天嗑瓜子,他悄无声息潜入厨房,不一会儿几盆饺子几盆时蔬端上桌来,通常会有勤快的女孩儿帮厨,老安乐在其中。

冰蓝公社四长老,阿干、老安主要负责实在的吃喝那部分,朱迪主管拥抱,我只管赞不绝口。

于我而言和谁一起吃永远比吃什么重要,呼朋唤友,随意饭菜,推杯换盏,闲话古今,朋友是最好的下酒菜。

65　如一盏好茶

2013年5月19日，星期日

房子外墙粉白，延续江南民居粉墙的朴素，倚靠在后面山的拥抱里。

此番回青野给我最大的惊喜是悬崖下古月潭被清理后的样子，潭底怪石崎岖，你能想到碧水之上漂浮的岛屿，一缕细瀑从崖上柔柔地飘下，弱不禁风。二三知己席地而坐，用"春山玉品"的茶具，后面山的泉水，把各地高山香茗泡得清清楚楚。

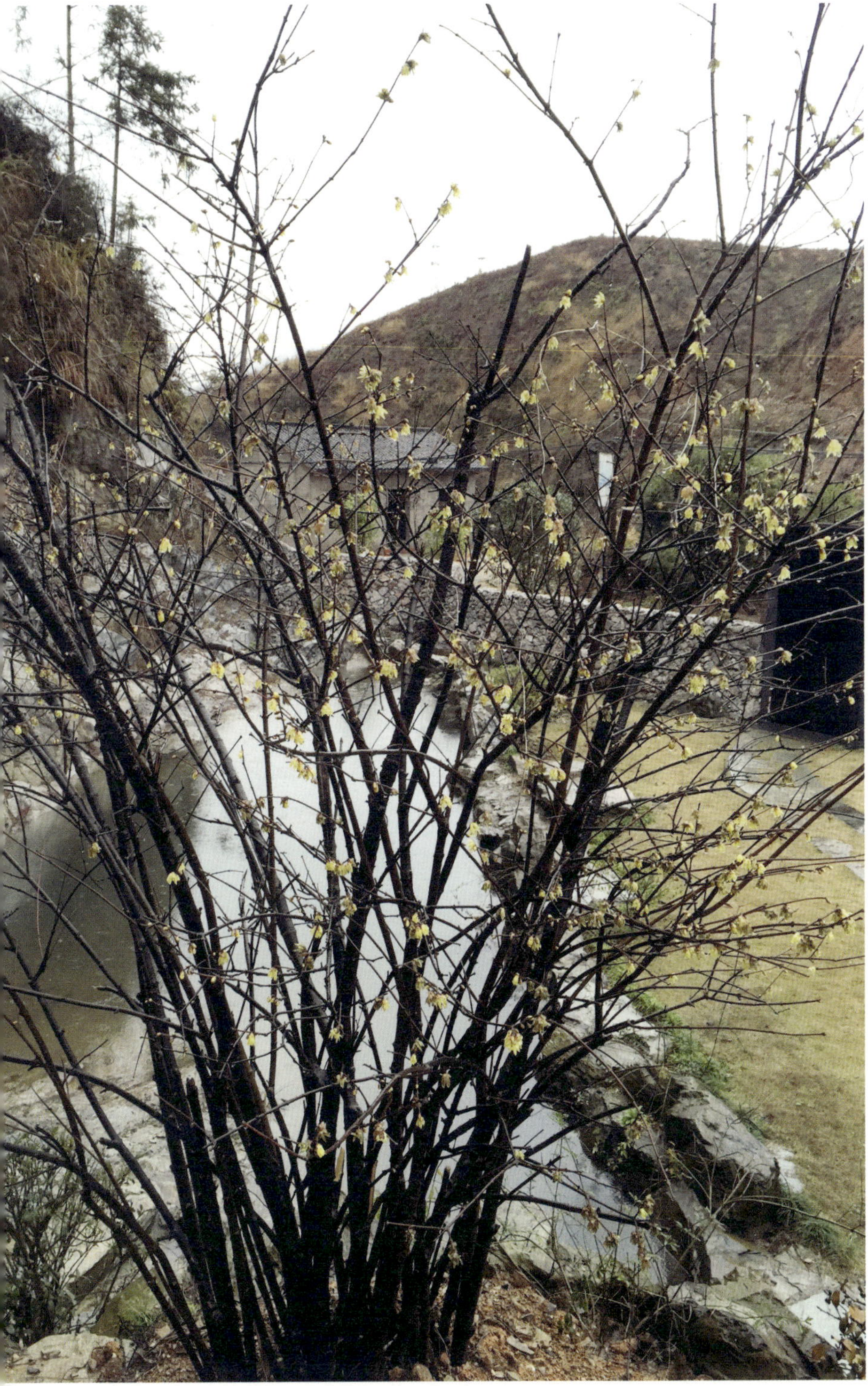

古月潭底出乎意料的奇峻令我重新考虑庭院的设计。潭上：悬崖、松树、细瀑。潭下：锦鳞游泳，菖蒲摇曳。潭边：孤植蜡梅，疏影横斜水清浅，暗香浮动月黄昏。

余留的空间如何才能陪衬一潭的美好？思来想去唯有"静"字上做文章，删繁就简，客来时一目了然，离去意味深长，如一壶好茶。

青野，4

等闲的时候

鱼在池塘里追逐鸟的影子

穿蓝花的人儿隐约山中

青野，隔夜茶香

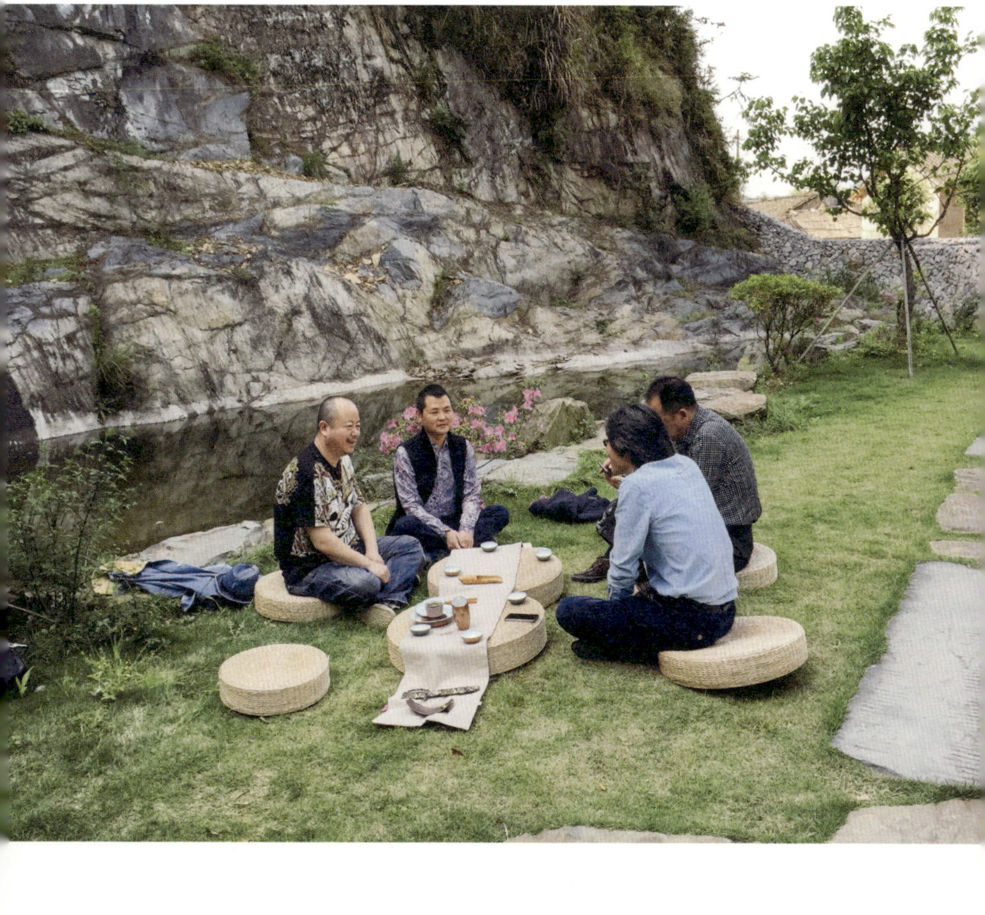

66 等闲之辈

2013年5月25日，星期六

好多年不给自家写春联，青野将成，还是要备一副，有些老理旧俗是不能免的，人情味生活味都在里面。

当年归园建成，人到中年，好像该气定神闲了，作对联"仁者乐山，英雄长叹铸剑为锄马放南山；智者乐水，隐士高卧藏书当枕花落东水"。

从那时起，我喜欢钱却厌恶赚钱。向往郑板桥"闲来写幅丹青卖，不使人间造孽钱"的潇洒。景德镇，青野，便是对这种向往的落实。

李鸿章晚年手书对联一副。

上联：享清福不在为官，只要囊有钱，仓有米，腹有诗书，便是山中宰相。

下联：祈寿年无须服药，但愿身无病，心无忧，门无债主，可为地上神仙。

横批：天天快乐！

我这乡党官至大清宰相，内心祈求市井之福，何况我辈。拟青野春联——上联：闭门即深山春山茶香；下联：开窗是田野青野缄默；横批：等闲之辈。

我嘱咐彭前程请干道甫写青野第一联，他烧窑多，身上有烟火气。

67 线条流畅清爽

2013年6月17日，星期四

内墙粉刷已结束。

为保证质量我从外地调来粉刷班组，不是景德镇没有，不熟悉而已。

简单的建筑需要细致工艺，明式的家具以简练、劲挺的线条表现出沉穆、厚朴、典雅、清新。开工时我只给工人提一个要求：粉刷结束所有的阴线、阳线要走得通透。

工人安排在齐师傅家吃住，六百平方米建筑的内墙粉刷，看来极为简单的活硬是三个大工干了两个月，寻常只需十天的时间。

　　今天去青野室内感觉所有阴角、阳角的线条流畅清爽，讲话有微微回音，日后在青野弹琴吟诗倒是悦耳的。

68 水泥地情结

2013年6月19日，星期三

青野地面最不费心，主人好客、随意，方招得朋友来耍，地面要普通接地气，直接打水泥地好了。

七十年代那会儿，我随父母住在矿区，家里有水泥地已经属高级，地面扫磨得净光，能照出人影。包豪斯建筑的厂区，水泥地硬实得让外人羡慕。现在所有人家铺地板、地毯，要求客人脱鞋，真是可恶到家。

二十五岁那年，我自建第一栋房子，两间三层两百多平方米，砖混的方盒子，水泥地面。腊月二十八粉刷完涂料，二十九置放我亲手制作、油漆的全套家具（床、床头柜、衣柜、饭桌、板凳），大年三十晚两家父母、兄弟、姐妹聚在家里吃个团圆饭，结婚了。我自小讨厌任何仪式，以至用结婚来反对世俗仪轨的无聊。三十夜，九街十八巷的宣城爆竹喧天，我对妻说："瞧，我们结婚，普天同贺。"那时我们还喜欢看春晚，那年小品是陈佩斯和朱时茂的《胡椒面》。

2012 年青野营造被叫停。

同年看王小帅电影《我 11》，实实在在感动，电影里三线厂水泥地上发生的故事，还原了我们这一代，生长在父母单位大院里孩子的童年。

或者，我是那时烙下水泥地情结。

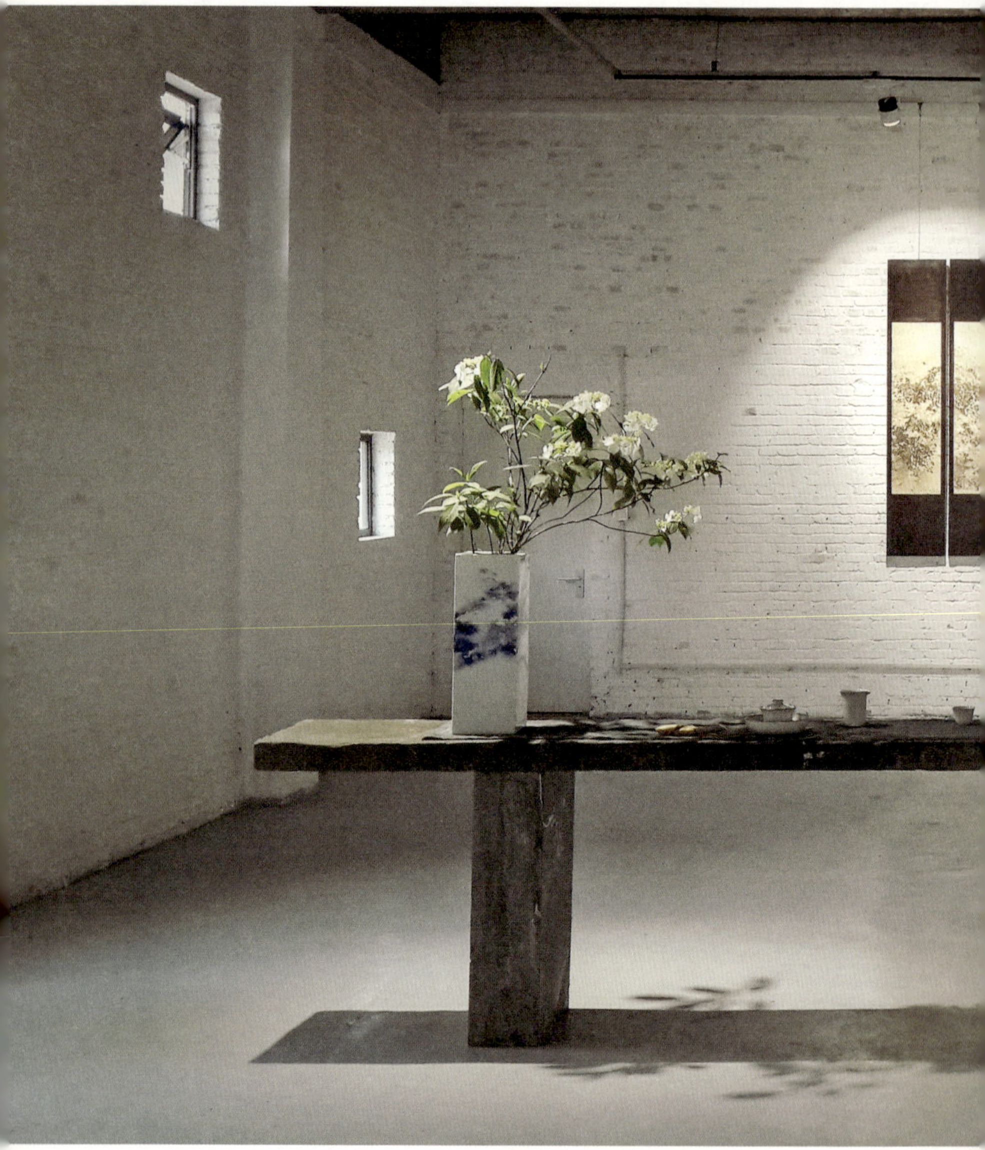

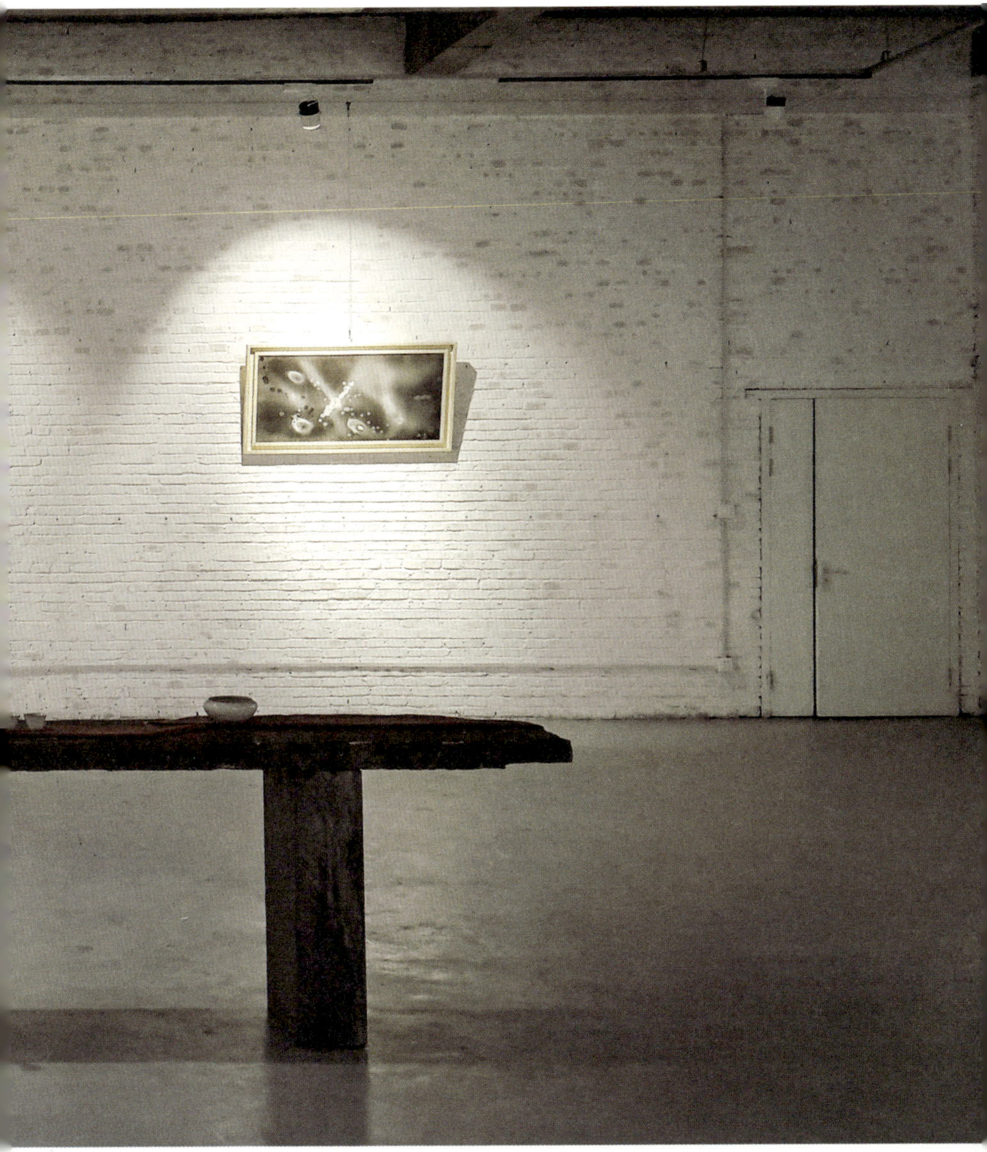

69 春山茶香 青野缄默

2013年9月11日,星期三

青野施工正常,我放心在北京待着,或四处云游,久不去反而念想加重,抽离成诗。

青野,5
青野的风吹自魏晋
嵇康是下酒菜
醉卧之后的梦魇
萦绕在青野树的枝丫上

青野，6

空间太辽阔以至渺小了时间

河水清澈，野花飘曳

你在谁的酒窝里浅浅醉过

青野，7

窑火在三宝的夜色里读我的诗

春山茶香

青野缄默

70 有故事的建筑

2013年12月10日，星期二

很长时间没有写营造手记，青野离我越来越远，远成印象里的半拉子工程，风吹走没画完的图纸。懒得去景德镇逃逸。

我有不祥之感。

晚上，我在成都和鱼儿、亚伟、朱民等哥儿几个喝酒，彭前程来电说：金福死了，被人寻仇刺杀。

金福姓饶，是三宝村主任，对我尊重友好，青野地址是他介绍谈成，在他的关照下开始营造，他希望进驻三宝的艺术家越好越多。他说青野建好来喝茶，现在青野茶热，他人却走了。

初见金福是几年前，冰蓝公社四兄弟在湖田村口小饭店喝酒，遇见一个壮汉，干道甫介绍我们认识，介绍说他是小饭店的老板。酒间，有人说金福是"打锣的"，景德镇的切口，意思是道上混的。

小饭店狗肉锅子、羊肉锅子烧得豪气四溢，我常带朋友去那里小酌，每次他必来寒暄敬酒，红着脸笑眯眯的，有点儿腼腆，他后来知道我年轻时也是"打锣的"，开始亲切自然了。我们好像狼狗，互相在对方身上嗅到同类的气息。

他当上村主任后忙碌起来，见面的机会鲜少，依旧关心他的同类墙哥的工作室，青野在他主动协调帮助下得以复工。

青野注定是有故事的建筑。

71 烟雨之外

2013年12月12日，星期四

很多时间我们在薪火相传里寻找景德镇，沧海桑田，时势变迁，烧窑人以千年不变的姿态在窑前发呆，守候一窑的惊或喜，无论运气好坏，浴火的泥巴将会坚硬起来，那是我们的初心和信念。

每当青野营造思想短路我便回到归园，我放下负担的地方。今夜，徽州古风习习，尽量把墨香调到清淡，舔毫走笔烟雨之外。

汤显祖道：一生痴绝处，无梦到徽州。归园主人说：徽州是古人遗失的墨迹。

小住归园，睡前心丝细弱，恐怕一觉醒来会失落所有徽州。于是，打开窗帘，再细看一眼漆黑的乡村。

72 母亲·桂花

2013年12月12日，星期四

母亲不知道她的生日，只晓得自己乳名叫桂花，出生于桂子飘香时节。凡我居住之地，但凡可能，桂花必不可少，桂香弥漫时深呼吸恍惚母亲就在身旁。那年秋天母亲去归园，走进"木樨香处"，高兴地说："这么多桂花呀。"

青野今天移植一棵全冠辐，直径三十厘米，高十米左右的大桂花树，昨夜我碎碎叮咛彭前程，务必看着农民工挖桂树时

用稻草绳打好土球，吊车移栽在我指定的位置。难得两万元寻来金桂，不可掉以轻心。

院墙内外多种了几株直径十厘米的小桂花树，有丹桂、四季桂、银桂，散在青野大门附近，花开了，屋里屋外溢满芬芳。二三友人趺坐青野一楼自然山石茶席前，隔玻璃面对漫香的桂子和峭壁上摇曳落下的细瀑，不用茶便一片冰心在玉壶了。

73 青野生活是自在的

2013年12月15日,星期日

青野生活将是自在的,不会刻意摆酒和茶。

长期以来人们关注喝什么酒,却不在乎和什么人喝酒。人们无止境追求好茶,却不准备一份喝茶的心情。

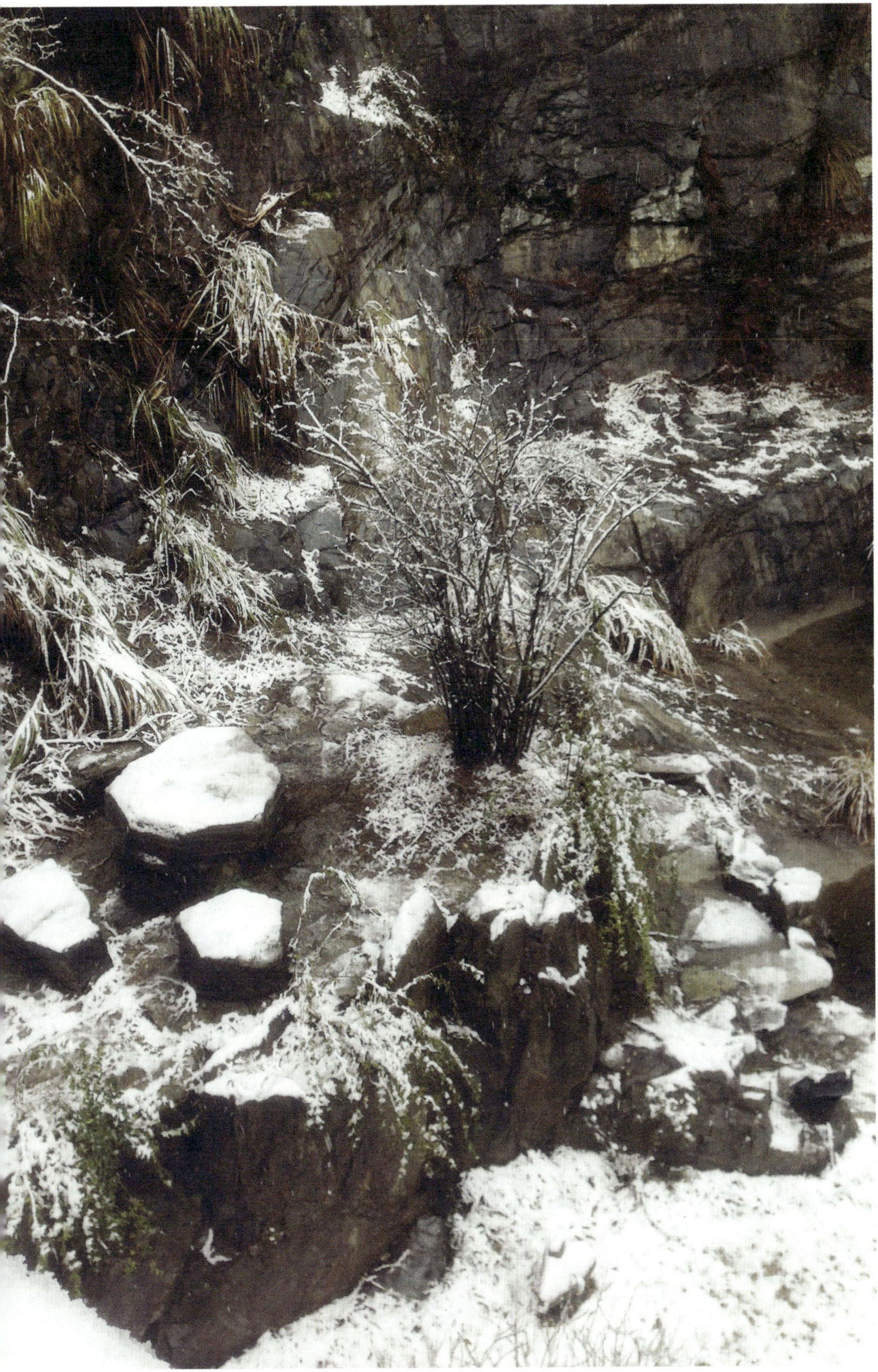

74 看浪漫春光如海

2013年12月21日，星期六

青野作为我在归园之后第二个园林营造，还会有第三个，且玩耍几年，花甲后选个山水静美处，随心起意。

少年想退休的事儿，我便是那个懒散无志的顽主，幻想有钱后，隐没于江南的山重水复里。而今只剩下地理意义的江南，风景旧曾谙的山清水秀毁于现代工业文明。白居易的江南、黄公望的江南、唐伯虎的江南、我孩提时的江南，俱消失

殆尽，我们是保留江南记忆的最后一代。

四十岁退休后我常悠游云南，犹见衣冠俭朴古风存的世故。那年我和李亚伟、默默、赵野从香格里拉驾车去丽江，白云悠悠下我们历经冬、秋、春、夏四季，从雪山高洁到野花绚烂，人生难得看浪漫春光如海，将光阴随意虚度。

我的第三个园林酝酿已久，将采用混凝土 + 玻璃的元素，它不是给身体的栖居庭院，用来暂歇被肉身困住的灵魂。

75 自然是我的宗教

2013年12月24日,星期二

平安夜的北京煞是热闹,年轻人恨不得把世界所有的节日过掉,躺平玩手机吃外卖。有老炮约我喝酒,没意思,还是待在家里,规划我的青野庭园。

青野的植物规划里竹子是不可缺席的。"宁可食无肉,不可居无竹",否则东坡兄夤夜造访青野会拂袖而去。在建筑的南边山墙外栽半坡翠竹,春来时新笋破土,割一斤五花肉切成

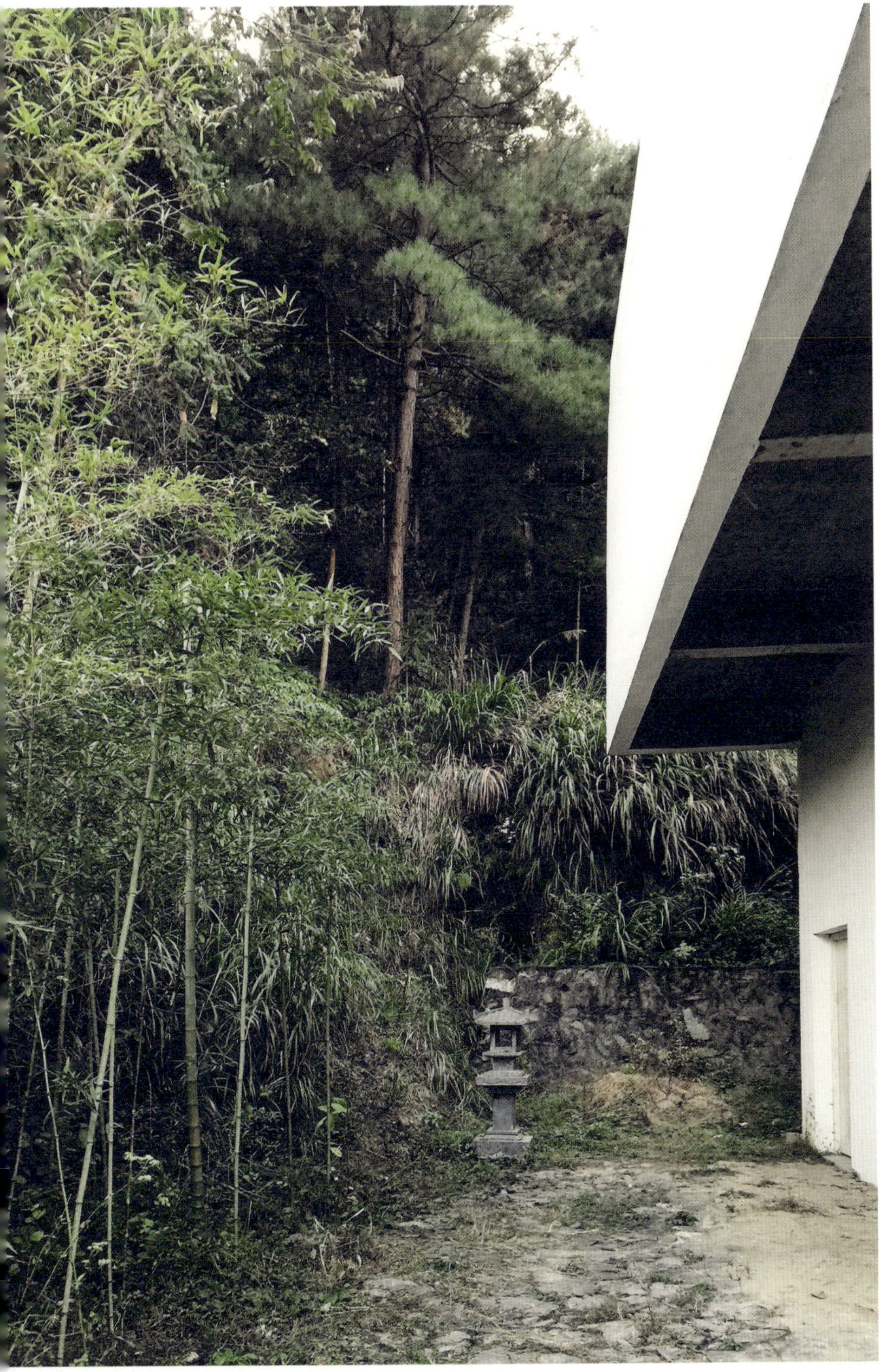

方块，滚刀鲜笋加入红烧，冰蓝公社的兄弟会闻香而至，自酿百花酒倒入湖田影青斗笠碗内，已浸醉的花瓣在酒色里漫舞芬芳，此乐何及！

青野东墙长三十米，考虑做壁山松石长景观，画面在我脑子里久已清晰，心中忐忑觉着太过刻意，莫若任它草长莺飞。

月初时，安排好青野施工，陪干道甫往黄山听松，还多年前欠他的口债。

早晨，干道甫出去写生。我睡到响午方出酒店，黄山正值淡季，清净许多。和风习习，太阳暖和。拾级游人稀少的荒径，看松鼠出没箬竹，我心窍顿开。青野三十米长的东墙下遍栽箬竹是多么自然的景致呀。觉悟：风景是不可设计的。

自然才是青野。如果说十多年前归园营造讲究"虽是人工，宛若天成"，青野则是一半天成，庭院虽小，境界悠远。

我笃信自然。自然是我的宗教。

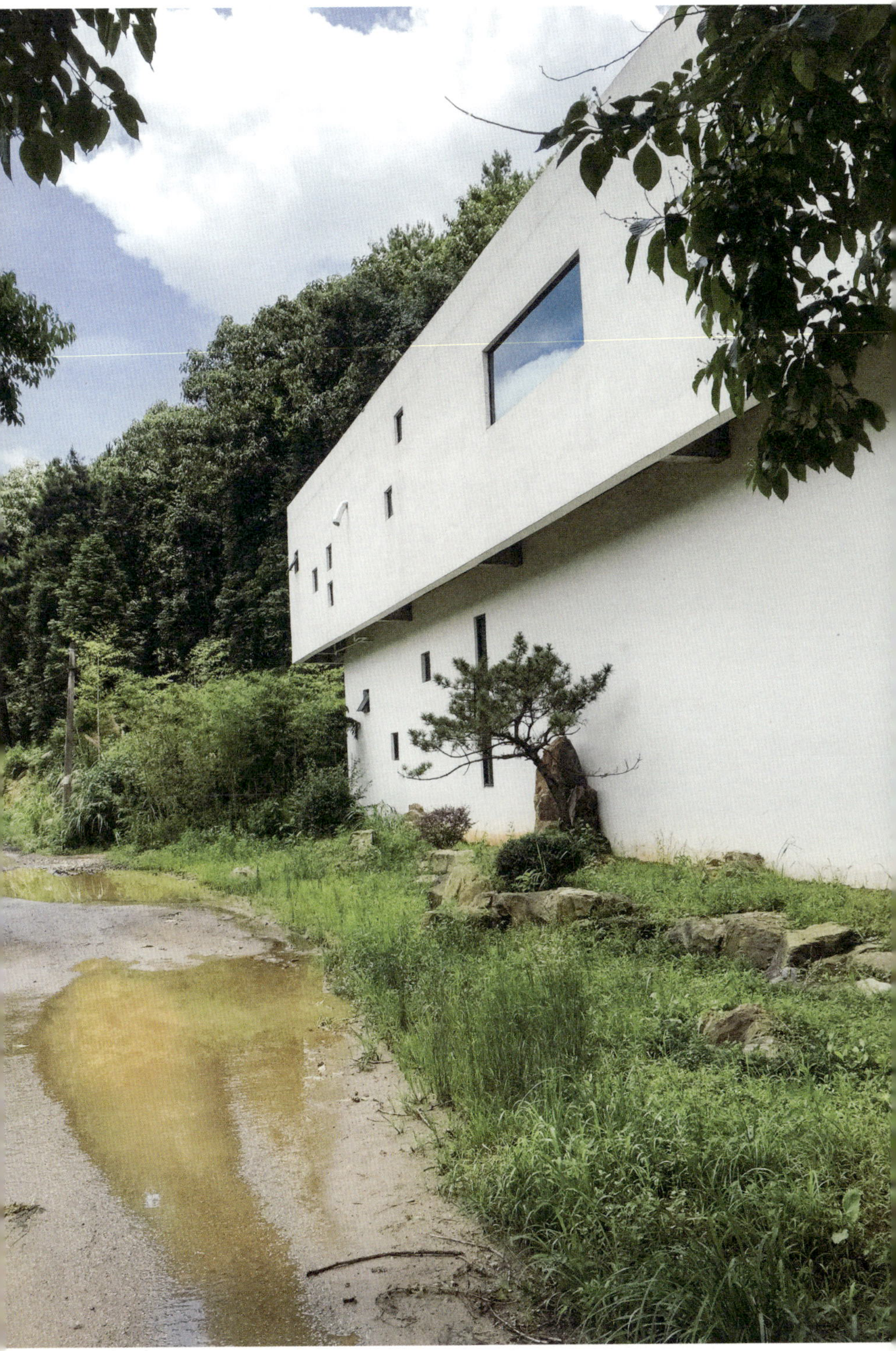

76 最喜山雨来临

2013年12月27日，星期五

青野后面山半有小块坡度平缓的地，周围乔木环立，阳光从树叶间洒下斑驳，芜草扔了一地明晃晃的梦幻。最喜山雨来临，或急或缓敲打树叶，把静若处子的山谷敲打得活泼泼、意幽幽。叶子从树上飘然而落。

我要在林下修半分禅房，逗号般的精舍，暂时停顿之所，呼应青野的故事。闭关自守其间，插野花，泡泉茶，花器茶器须是我亲自制作，守着逍窑三天三夜用柴烧成的。

反手掸去衣上的尘俗结跏趺坐，眼观鼻，鼻观心，心性自然。

春雨来时，轻轻把我从冥想中敲醒，眼前花已谢，茶已凉，推门出去，天籁中伴着翩跹的落叶手舞足蹈。

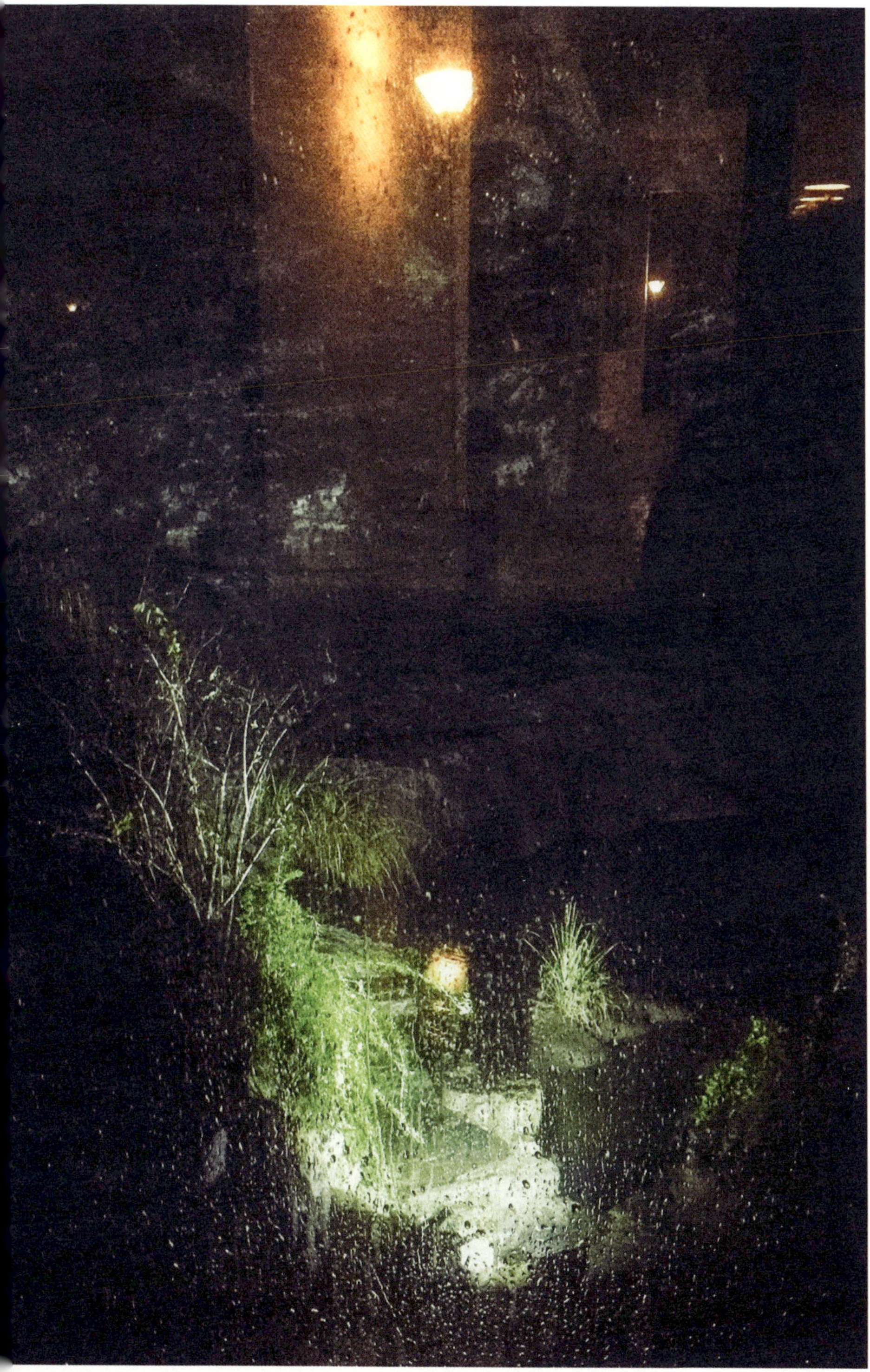

77 谁向石门看晚晖？

2014年1月8日，星期三

门脸门脸，门被称为建筑之脸，十分重要，它是整个建筑中人们最早触摸也是最多触摸的敏感部位，门是进入建筑内部的关口。

青野的门如此让我操心，以至于困扰我的巴黎之行。

晚餐订在 PierreGagnaire，位于香榭丽舍大道凯旋门附近，是新派法餐的代表。点头、微笑、咀嚼、赞叹，四五个小时径自过去，送我们到门口，主厨兼老板 Pierre 说：下雨了，不妨去看看凯旋门。

空气清新的巴黎雨夜，凯旋门只是普通的石门，在细雨里迷蒙温情。我脑洞顿开，青野 loft 门的轮廓渐出。

回国第三天我即去徽州找到石匠汪金德，将在法国旅途制作石门的草图交付于他。多年的好友汪石匠朴实如不雕之石，手艺却玲珑有致，任何想法只要落在石头上他都能完成，无论皮雕、镂空雕还是雕塑造型，最绝的是他的高仿的石雕，多次被古董商人倒卖出天价。

青野石门有着落，我心甚慰。录明末清初闲僧的诗抒怀：

回首江山事已非，
别来五马换缁衣。
悬崖鹤舞松如画，
曲径溪流蕨欲肥。
静听老僧翻贝叶，

闲凭野叟话天机。

但能留得金乌在，

谁向石门看晚晖？

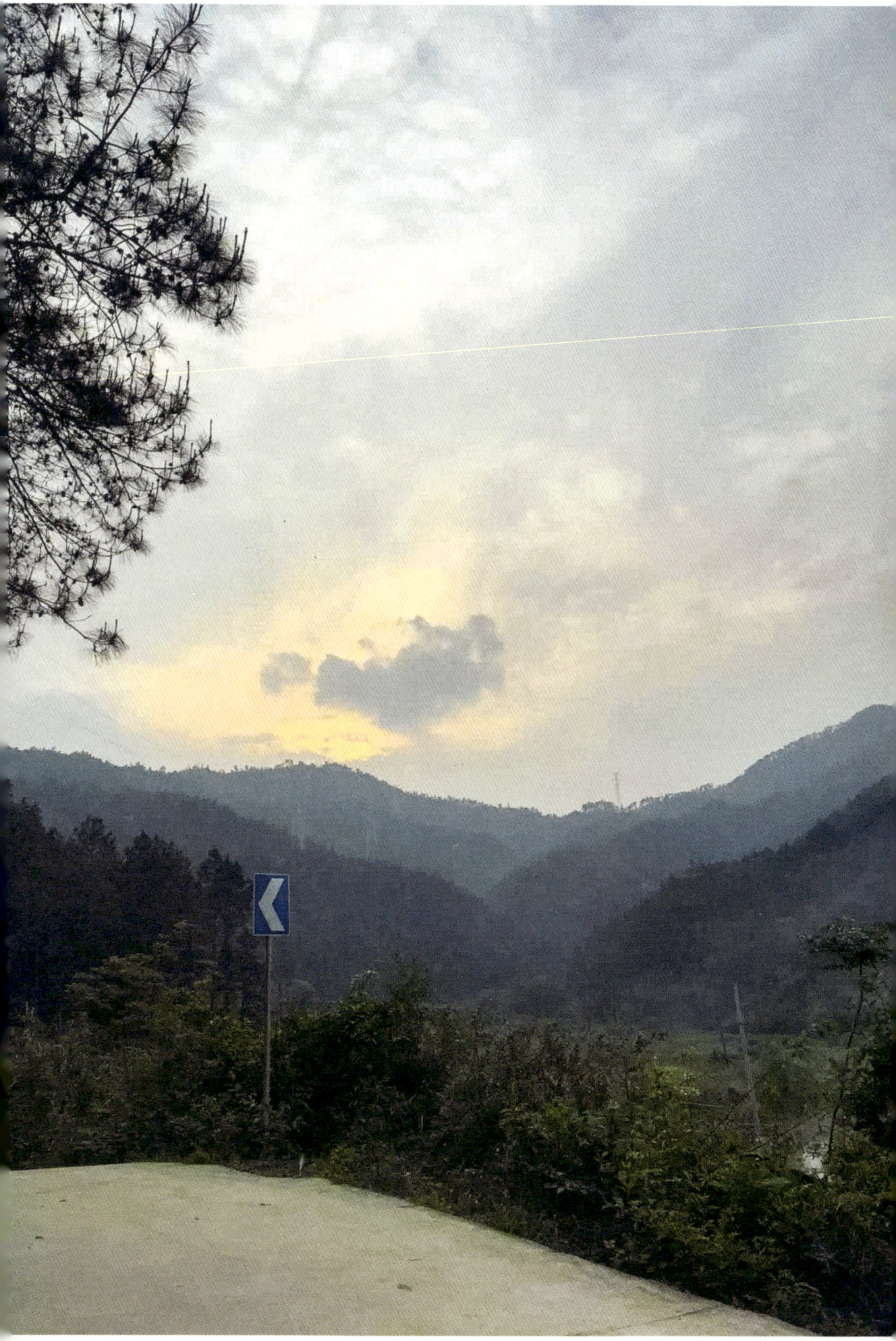

78 快活时……

2014年1月16日，星期四

收到程极悦兄的墨宝"青野"的大篆和小篆。走入深山幽谷的闲客随意撩一眼石门上的青野二字，便猜想院子里住着不俗之客。

俗是自然的，如寻常市井，有温暖的人情世故。不俗是刻意的，是设计，凡是设计都是充斥痕迹的败笔，尤其是仿生仿自然的建筑园林。我以为真好的建筑是突兀的自然，如从地下长出的野蘑菇，它和周围的关系是突如其来，却被自然欣然接纳，毫无违和感。

扯的有点儿远，还是回到石门。

门头"青野"二字请程极悦兄题写，他是我敬重的良师益

友、忘年交，也是我营造园林的领路人。我嘱咐石匠，字要锓阳刻，填石绿。

门头下刻有对联，右边阴刻上联："快活时 杀酒 杀肉 杀哥们儿的时间和妹子的容颜。"摘自我诗集《逃逸之鱼》里的短诗，这般狂浪诗句背景是不羁的生活态度，在我的哥们里非野夫执笔书写不可，前几天诗人大厨二毛招呼哥儿几个饮酒天下盐，我与野哥推杯换盏间敲定以字换酒。

石门没有下联，我想把下联留给来访青野的朋友和不相干的路人。

或者留白。

（至今，青野建成三年，石门半边联引友人和路人关注，收到上联几百，不尽人意。前不久，宴饮大董，聊及此茬，沈宏非兄要得上联，打包了卤水鹅翼。回沪的高铁上，沈爷思绪共鹅翼齐飞，信手下联："谈笑间 看山 看水 看釜底的火候和老夫的手段"。因沈爷和我皆为老饕，对得贴切。迄今为止，这是最好的。）

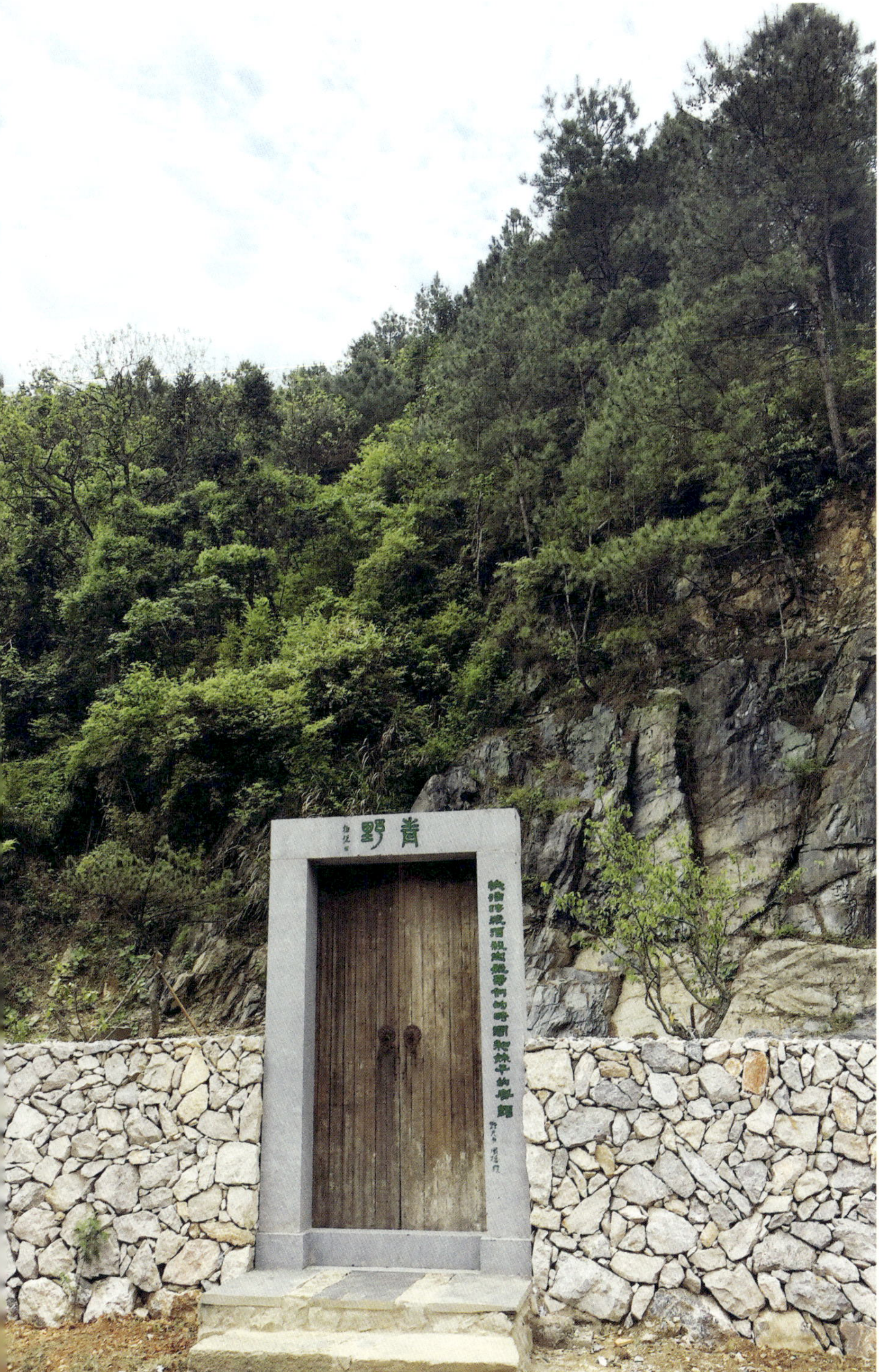
青野

79 美得伤心

2014年2月13日,星期四

青野,8

下雪前离开北京

雪太白

掩盖许多真实

等闲于青野偶

尔想 下雪了美

得伤心

没有赶上今年北京的初雪，遗憾。景德镇日短夜长，风起叶落时肃杀来袭。温暖的来源除太阳、人情外，灯光是重要的部分，灯光的可塑性和丰富性越过温暖。

青野灯光设计却简到极致，工作台上六个彩色锅盖吊灯，其余七个宜家落地灯靠墙，光源朝上，楼梯口链垂青铜蝙蝠烛台，一支红烛，若只是一支红烛照亮二楼，着实有《聊斋》的意境。卧室金丝楠木写字台上放自制金属台灯，床头落地灯一盏。

请徽州石匠汪金德做两个仿古石灯置庭院内外。有活动照明不够时，可多放些防风蜡烛于水湄、山边、树上。

80 向自然山水致敬

2014年2月15日，星期六

人工叠山理水是向自然山水致敬。造园者用当地的石头、植物在限定的土地上布置风景，较之于画家，只是下手更重些吧。青野建筑部分接近尾声，庭院叠山理水暂停半年，只为等一个意会我的匠人。

汪万顺师傅今年七十三岁，他是中国稀少的国家级园林叠山非遗传人。十多年前营造归园，其间峰峦矶涧，溪流飞瀑，皆出自他手，他能够创造性地理解消化设计者的意图。

记得我带他去苏州环秀山庄观摩清代大师戈裕良的叠山，他激动在心里、脸上，远观近看抚摸山石久久不愿离去，次日，汪师傅对我说：一宿没睡，梦里飘着老老多的山。

　　一个月后，心心念念，我再派车送他去环秀山庄观摩，方才内心笃定，不久顺利按要求完成归园山水。

　　归园之后汪师傅名声在外，老东家徽州古建公司的活儿不断，我和他提前一年约定来年正月十五后来景德镇青野叠山。

　　腊月十三日我从北京飞到徽州，元宵节次日开车接他和三个徒弟直奔景德镇三宝，爆竹声中开始了青野的山水营造。

81 一念心起：吃茶去

2014年2月16日，星期日

晌午，被尿憋醒，起床。看窗外春雨淅沥。若二十年前，脑子里会顿生许多情绪和修辞。现在，雨归雨，树归树，只是心被浅浅的滋润一下。

老安微信问我：何为禅茶一味？
我回：心性自然时禅茶一味。

十年前，冰蓝公社兄弟同租住在前村，阳光午后我踱步去老安家讨茶喝，两个人相对无语，他慢慢地泡，我静静地喝，把日子都喝淡了。

千利休说：茶乃生活的俗事之美。

当今茶风传自中国台湾，似中日文化杂交的怪胎，把茶、水、器与心性的关系搞得玄乎、繁复，甚至装模作样。太过形式化，失去茶的本意。不如无聊时或口渴了，一念心起：吃茶去。

82 引泉入室

2014年2月21日，星期五

初春的景德镇，浸淫在细雨里的诗意，三宝烟雾如织，缠绕在上，空气有点儿清凉，深吸一口，沁入心脾地快活。

当下青野不得不停工，将工人们放假，等待连续天晴的日子。

接下来是水电部分。

我学习山里农民，从后面山上引泉入室，这是景德镇颇有声名的天然沙泉，可直接饮用，泡茶自是上品。我个人喜好冷泉浸茶，几个时辰后品饮，清冽直通心脾，妙处饮者自知。

所有水电开关的管线都清清楚楚走明线于墙上，绝不开膛破肚。我讨厌任何形式的装修，浪费又不环保，中国古代建筑建完即成，哪里有装修一说？我崇拜莱特和安藤忠雄的建筑，不啰唆、不浪费，自然而然。

83 胖子快飧

2014年2月22日，星期六

干活之余，我常去"皮革厂胖子快飧"吃午餐，瞧这名字起的，就知老板是胖子而且必须一定是死胖子，普通快餐店非得弄个几乎灭绝的汉字"飧"。《诗经》有云"不素飧兮"，死胖纸的确不是吃素的。"胖子快飧"有滋有味，红烧排骨、粉蒸肉、小鳜鱼皆多油、重色，拌饭最宜。

景德镇有无数各类快餐，小吃店、包子铺、粉面馆、馃子摊……为几万手艺人服务，胖子快飧味道好、油水多，价格高，只有画工好的匠人才吃得起，其余拉坯的、烧窑的、打下手学徒的各自有节俭吃饭的地方。景德镇的阶层在此划分得格外清晰，每次在胖子快飧，我环顾左右，的确，吃饭的匠人个个快活得很，自己忝列其中，难免得意起来。

十年前我和干道甫在老鸦滩创作，吃得最多是附近买的肉包子，一口下去，不见肉星，两口下去，咬着肉了，有点儿疼，却是自个儿手指头。

其实，胖子快飧人气旺还有原因，当柜两个青春如花的丫头笑语盈盈地打菜结账，秀色可餐是白送给吃客的福利。

我来吃许多次，总也没遇见"死胖子"。

84 宜睡、宜游、宜发呆

2014年2月26日，星期三

我们这个年龄的人大致都有海魂衫情节，七十年代，绿军裤、蓝军裤配海魂衫那是把妹的正宗行头。

很小的时候在上海街道上初见斑马线觉得神秘，不知道什么用途，在西郊公园见过斑马，奇怪马身上为何布满条纹？每个路口为何也有条纹？以至整个愚园路的夏天，姨妈家老洋房的百叶窗投影到地上的光斑会让我发呆半天。

青野卧室的窗户我要安装木质百叶窗，除了怀旧以外，通

过百叶窗的闭合调节室内的光影，简约的空间变的生动起来，阳光或强或弱由低升高，透过窗栅使清晨的卧室兼书房发生有趣现象。睁开眼，我还要在床上赖会儿，光影线条洒在素色的粗布被单上面，似斑马又似海魂，我开始有驰骋草原和飘摇大海的醉意。

  曼妙的光阴，和煦的阳光，无须思想，无须劳作，安静地享受就好，恰恰应了我早年对自己的劝勉，这年头：宜睡、宜游、宜发呆。

85 不如无意义

2014年2月28日，星期五

贪心是人的本性，贪心的人喜欢做加法。

十多年前营造归园，我将《园冶》读个烂熟，访遍天下遗留的名园，一草一木一石的安置，一窗一户一门的洞开，无不极尽盘算推敲。日夜思考这儿加点儿什么，那儿添点儿东西，将个赋闲的园子建成传统文化百科全书。近几年的某天，头被什么水果砸着，顿悟：无意义的思考，不如不思考，不如无意义。因此，青野营造开始无比松弛，不借鉴、不参考、不学习，依着简单玩泥人的内心行动。

去年，我在西双版纳见识了许多珍稀木料，最后相中金丝楠木的写字台和茶台，木纹如水波荡漾，几乎是两个绝品。物流几千公里发到景德镇，寄放在青花山庄。

今天，请工人把写字台搬上青野二楼卧室，喜爱的茶桌留给干道甫。做减法的同时在自己贪念上割了一刀。

桌上的台灯是我挚爱的玩意儿，用废铁板、不锈钢管、鹅卵石拼制而成，坚硬的废弃材料从此在青野散发光和热。

86 静静地坐忘

2014年3月5日，星期三

最初青野庭院设计构想中我一直有枯山水情结，为此专程去日本二次观摩学习，京都给我印象深刻。我喜欢枯山水的静谧、意境悠远，方寸之地幻出山水，静静地坐忘。

景德镇灰尘太重，噪音嘈杂，偏僻的山谷白日里也不清静，渐渐我打消在室外做枯山水的念头。

指导传统叠山时我看见二块一米见方约三十厘米厚的石头，上下两面平整，且是有包浆皮革的原石，我让汪万顺师傅将这两块石头留下用作石桌。

一块用吊机吊到半山预留的平台上，旁边随意放些小石块，如从山上采石时滚下的，恰好滚到石桌旁可当石凳，旁边孤植松树，二三知己无聊来访，可在松下石上喝茶，饮酒，斗地主。夏夜，明月高悬，细瀑飞流，酒酣归来的青野山人"偶来松树下，高枕石头眠"。

另一块放置室内，最原始的拉绳滚木到我设定的位置，透

过整面玻璃山墙,"遥见瀑布挂前川",石榻摆成安静的茶席,四周铺白石子,成青野室内的枯山水,终于理想照进现实。

青野向南的玻璃山墙有讲究,采用浮法玻璃,白天在庭院里看,它不是山墙,也不是玻璃山墙,而是一面硕大的镜子,映照草坪、池塘、悬崖、人物,把庭院变大,从室内往外看它是大玻璃窗,看透庭院风景。

玻璃山墙外,院墙墙角栽几棵芭蕉,点一块大石头,延伸一个峰石贴着玻璃进屋,在枯山水里,让室内的石几似天然长在那里,再设两个草垫,寒夜客来,对坐问茶,月出观松风细瀑,雨落听芭蕉倾诉。

角落内外景色暗合我前世情人易安居士的"窗前谁种芭蕉树,阴满中庭。阴满中庭,叶叶心心,舒卷有余情"。

谁说青野不是纠葛在三宝里的情愫呢。

87 与我同饮一壶飘雪

2014年3月17日，星期一

无比折腾的三年，青野 loft 慢慢从三宝山谷的地里长出雏形，独守青野建成后的初夜，就像住进谙熟的老屋子那么自在，安静得只有窗外的雨声，像是给新生青野 loft 的洗礼。

取春山玉品荔枝木柴窑烧的茶盏，泡一盏李亚伟从成都寄来的蒙山飘雪，吹皱茶水，吹得茉莉花儿乱颤。

归园建成也是春夜，看园人不敢进去住，我独自点灯夜读通宵，决意读出颜如玉。不知我打盹的片刻可有狐仙如风拂过。

今夜，青野。雨茶无眠，屈原的山鬼、湘夫人在哪儿？期待他们不期而至，与我同饮一壶飘雪。

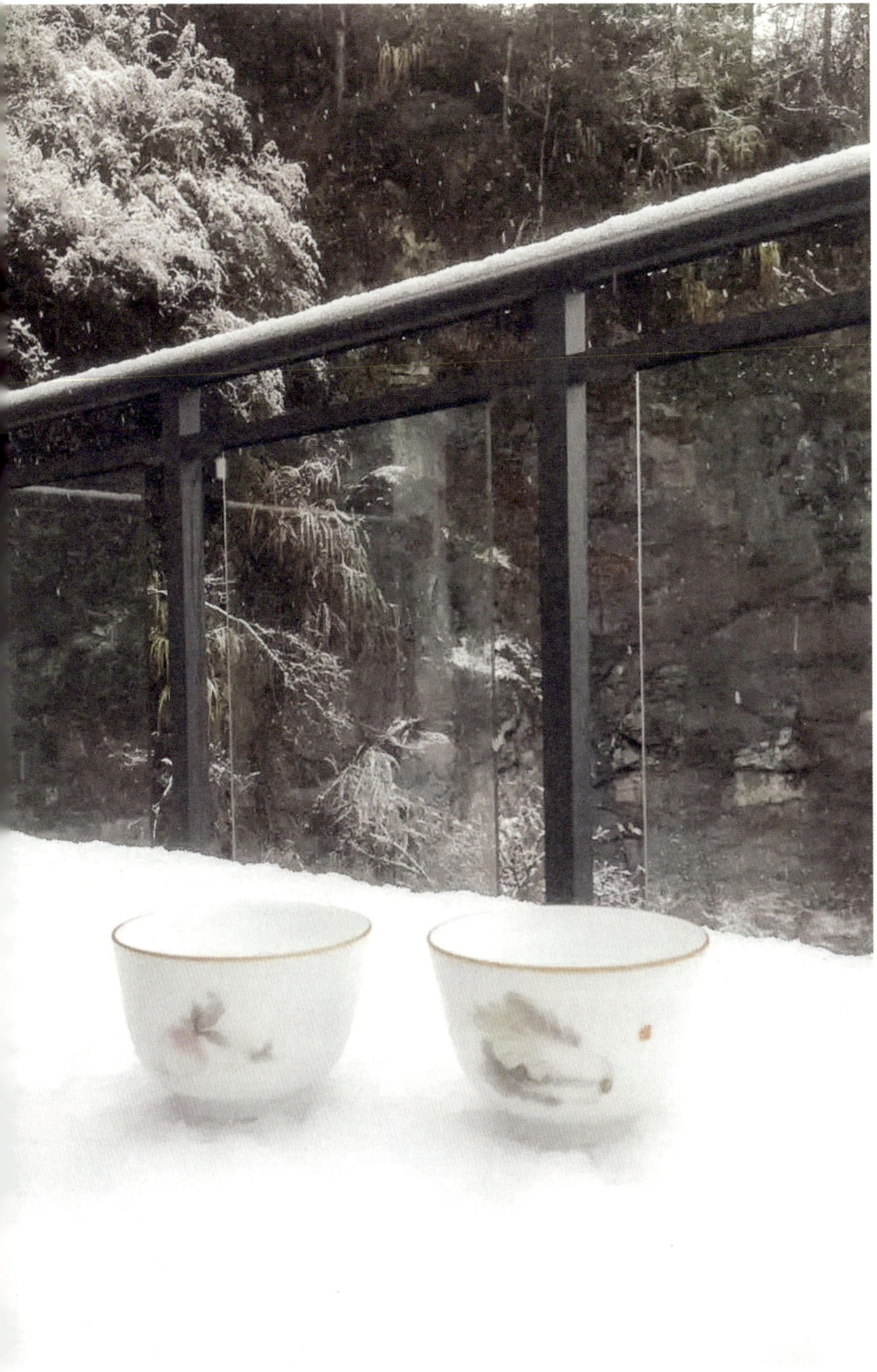

88 水云清隐的生活从此开始

2014年3月18日，星期二

晌午起床，布谷鸟在细雨中鸣叫。我小时候最佩服的历史人物是公冶长，他听得懂鸟语，为此我学习吹口哨，无论吹什么，听起来都像哄小屁孩儿撒尿，怎么也学不会。

看窗外，枯荣交替的长草随风摇摆。所有关于春的诗句涌入脑海，此刻竟成为垃圾，没有用时知识也是负担。春不是臆想，不是伤怀，春也不是叫的，是生机勃发的窗外。

三宝村在峡谷里，可耕种的土地零散分布在溪边山角，还保持牛耕文化，每日傍晚，炊烟四起，山川宁静，仿佛拉开穿越到宋朝的序幕。我要像村夫一般生活，日出而作，日落而息。

现在，扫地、拂尘。把青野收拾得干干净净，书归书架，茶入茶盏……

喜物制陶，食米造碗，水云清隐的生活从此开始。

89　想起一生中后悔的事，
　　　梅花便落满南山

2014年3月24日，星期一

只要想起一生中后悔的事

梅花便落了下来

比如看她游泳到河的另一岸

比如登上一株松木梯子

危险的事固然美丽

不如看她骑马归来

面颊温暖

羞涩。低下头，回答着皇帝

一面镜子永远等候她

让她坐到镜中常坐的地方

望着窗外，只要想起一生中后悔的事

梅花便落满了南山

望着窗外，默念张枣的诗，枣哥辞世经年，他的温度留在诗里。犹记得 2010 年冬夜，我和万夏买醉园景酒吧，盘点即将邀请两年一度归园雅集的哥们儿，万夏突然说："漏掉了枣哥，把张枣叫上。"接着一声叹息，我俩沉默、喝酒。

春早的那会儿，梅花落满南山，张枣驾鹤西去。

现在不是梅花时节，为了这句诗，为了后悔的那些事，我在卧室窗外栽三棵梅树，生活之隙，抬眼窗外，后悔的事别样芬芳。

昨夜，窗外隐雷滚过，闪电直射我的灵魂，在自己亲手营造的青野，我心悸动。雨由稀疏到密集，再由密集到稀疏，想必是后面山里精灵的和声。夜伸手不见五指的黑，黑的销蚀了空间，也销蚀了我。

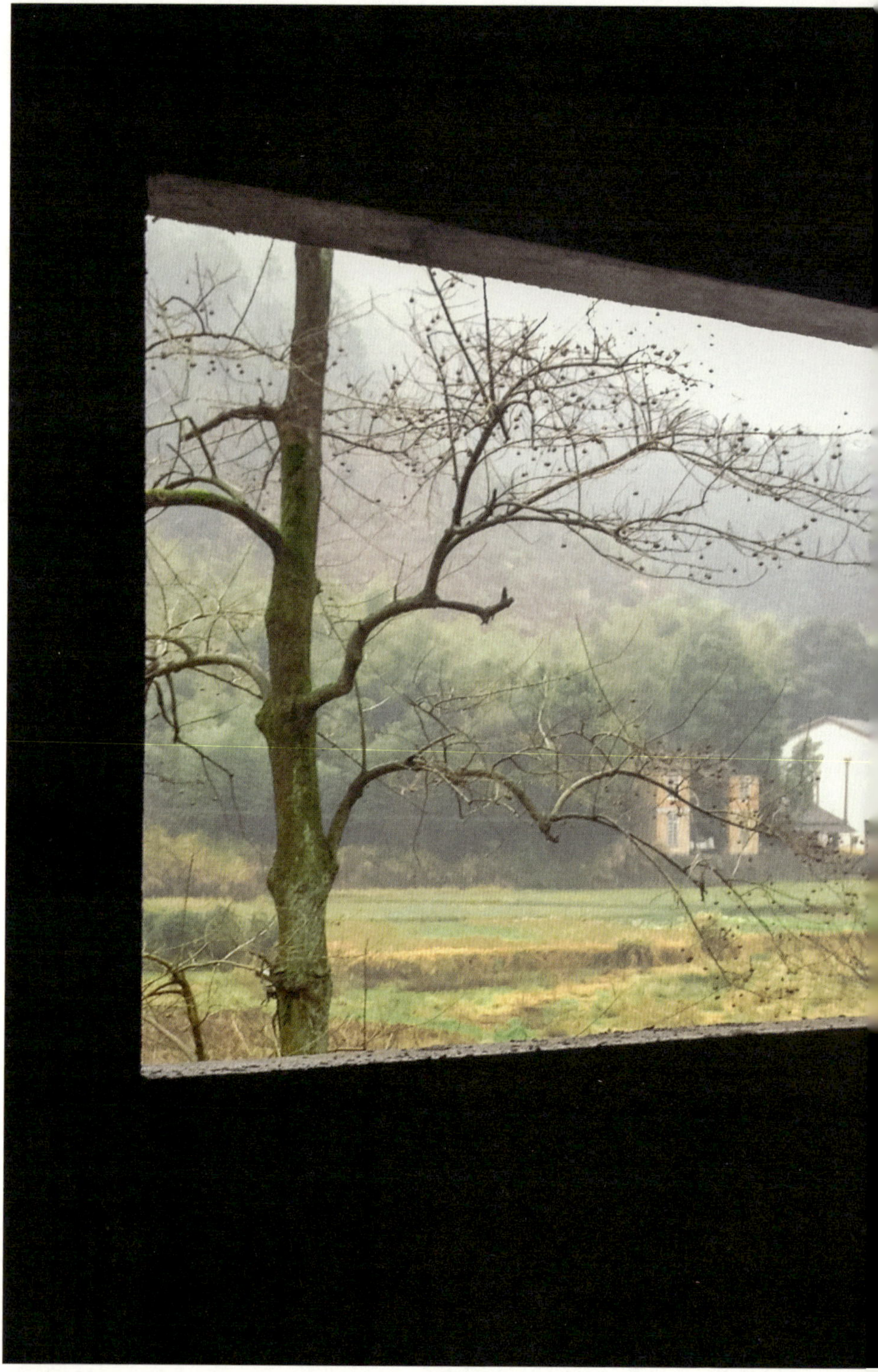

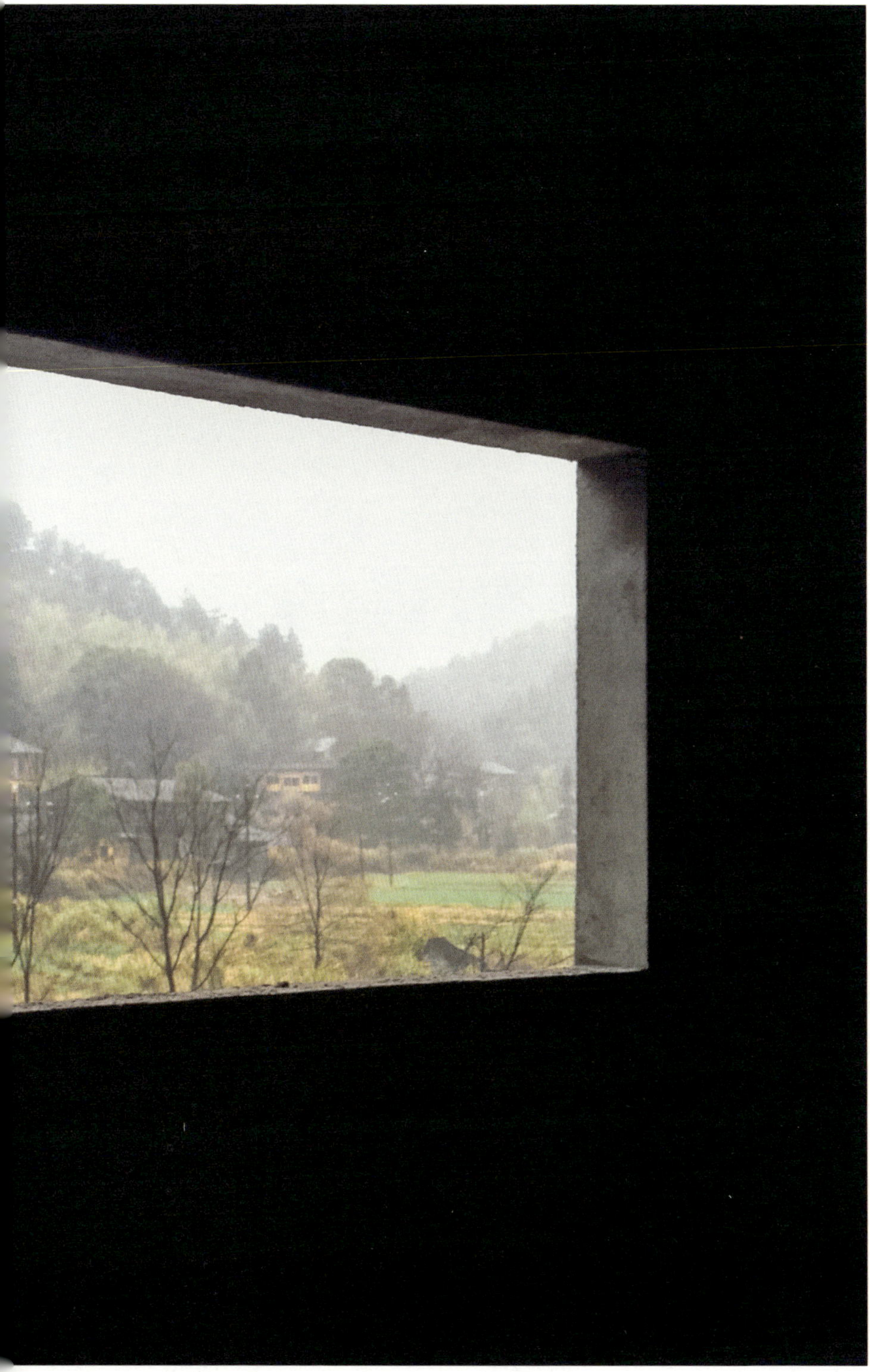

90 我看见七个月亮

2014年3月26日，星期三

我是没有早晨的人，没有早晨的人不能丢失下午的阳光。我设计在长方盒子二楼顶部，依照北斗七星的方位，开七个圆孔做成七个固定的玻璃圆窗。

小时候的夏天，在家门口大树下乘凉，大人们交头接耳，传播小道消息，我躺在竹凉床上看星星，看着看着睡着了，半夜醒来，揉揉眼再看青天，北斗七星是巨大的水瓢，漂浮在天河里。

曾经很久，我找不到那七颗星。

中午起床，睡眼惺忪地走出卧室，看到七条光柱投射在地上，整个室内虚幻起来，如阳光下的白日梦，我软塌塌地走过去，在光柱间踱步，松散的一天开始了。

在墙角布艺沙发上坐定，开门第一件事喝茶，桌上依次排列春山玉品霁青六度杯，杯底写有：布施、持戒、忍辱、精进、禅定、般若。选一个契合今日心情字样的，冲上茶，当我捧起霁青如晨天的杯子，将山泉泡就，沁透山花野草芬芳的清茶饮尽，我清楚，今天便是我想要的今天。

依个人经历，"般若杯"尚不敢选，其余无碍，只是依现在的心性，选"布施杯"和"禅定杯"喝茶多些。

缓缓喝茶，浅浅发呆，我忽然发现投射在地板上北斗七星的光圈在移动，这是当初设计时不曾预料的，光影移动让青野二楼的空间变得生动有趣。是的，建筑师可以设计空间、尺度，光与影，却无法设计如水的时光。建筑空间是舞台，里面活动的人和外面四季交替的阴、晴、雨、雪构成空间的戏剧性。

我呆呆地看着光圈，它似乎不动，撒泡尿回来，觉得它动了一点点，于是我站在光圈里，摆个金鸡独立的架势，较起劲来。生平第一次真真切切地看见时光从脚下一寸一寸地溜走，很快被抛弃在光圈外面的我呆若木鸡。霎时思绪被扔进哲学黑洞，我用一杯"禅定"将自己拉回来，内心忐忑颓废。时光走，我也走，只是我和时光都走不回去了。

塌陷在墙角沙发里持续发呆，看七个光圈同时移动。读数光阴百无聊赖，揪一团泥巴，砸几个黄泥炮，为我的空间和时间里增添些响声。

夜晚，关灯后七个光影的月光给空荡荡的屋子增添神秘色彩。若有青衣舞动，漫步其中低吟浅唱，便胜却人间无数。

透过屋顶七个圆窗，我看见七个月亮。

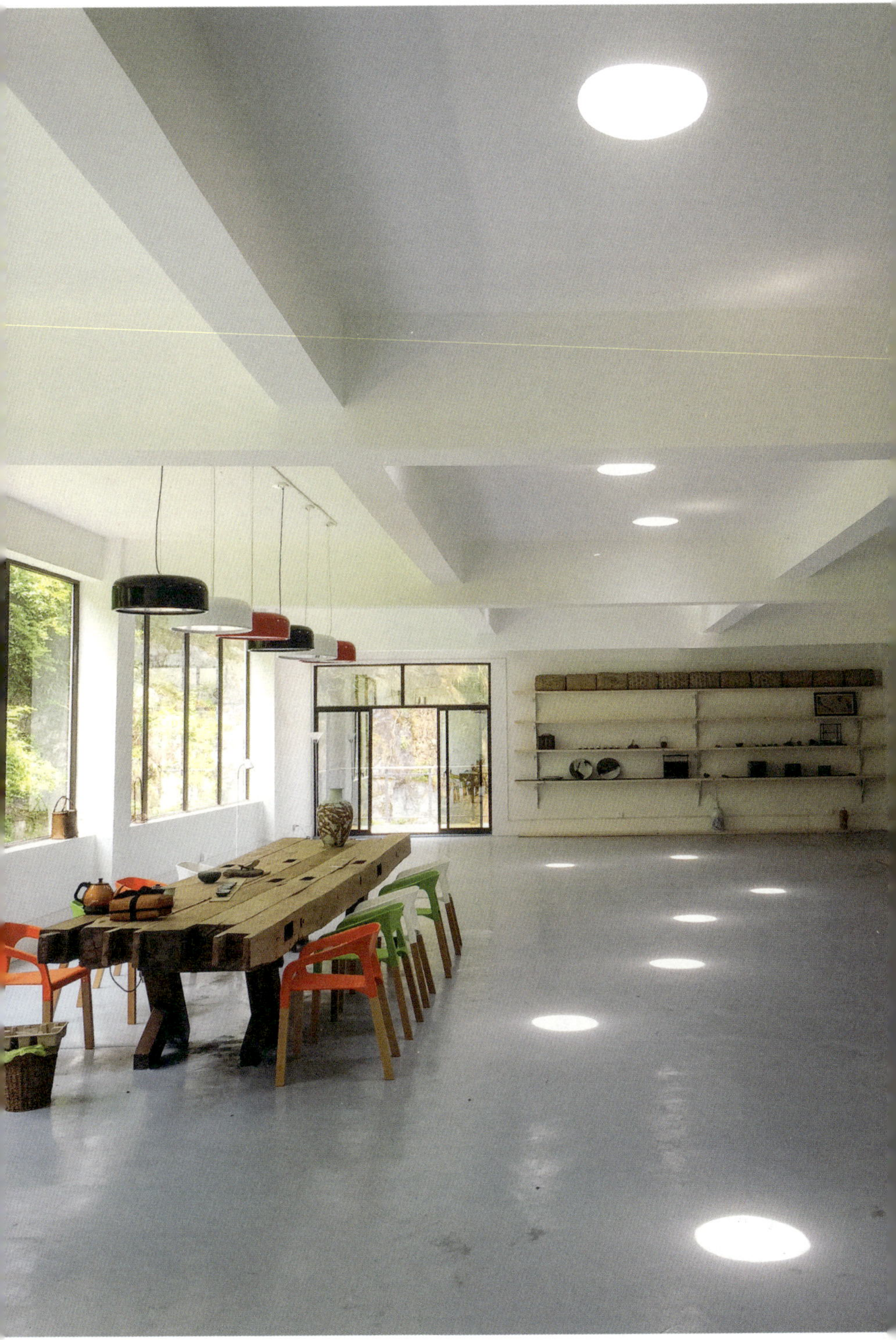

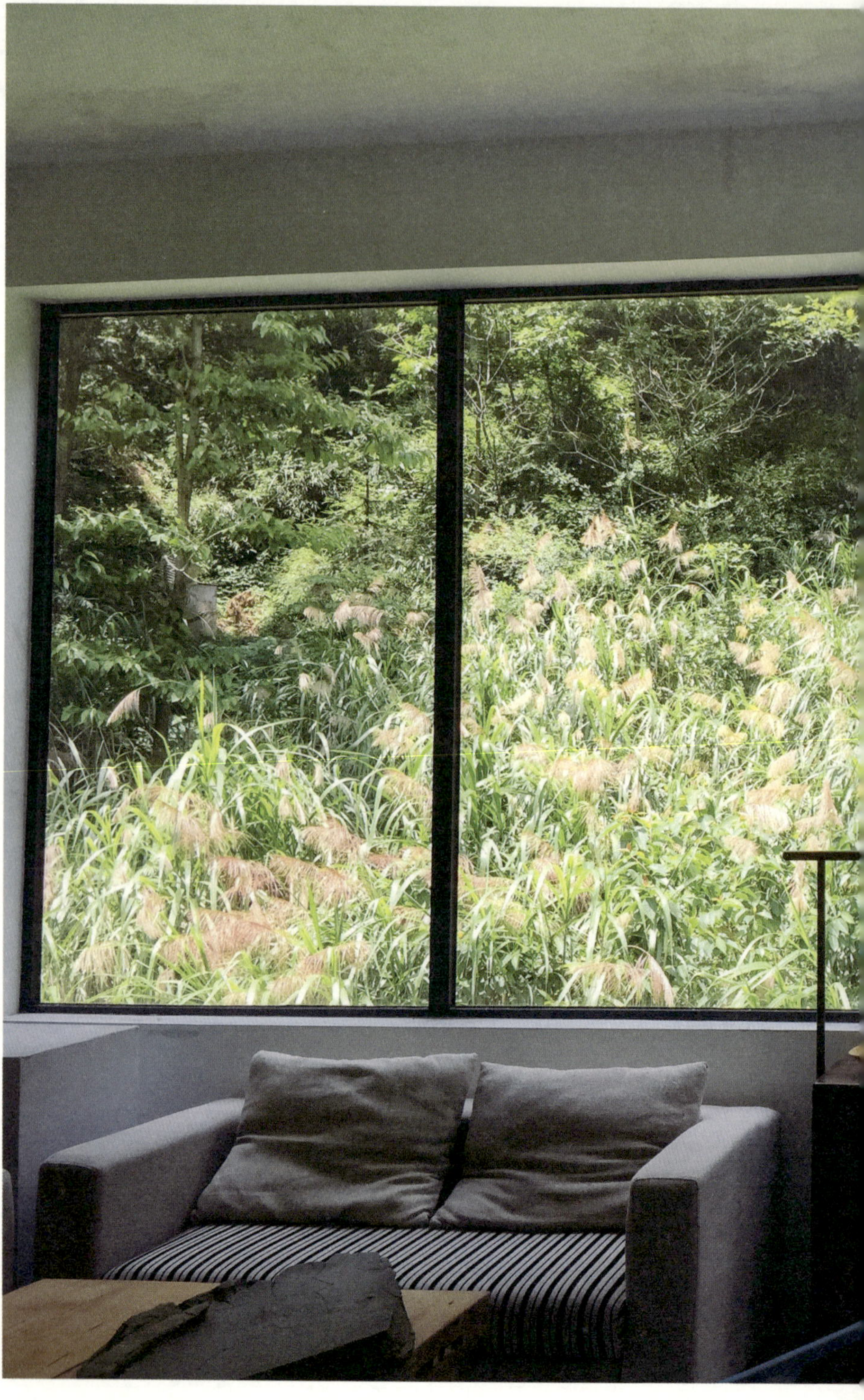

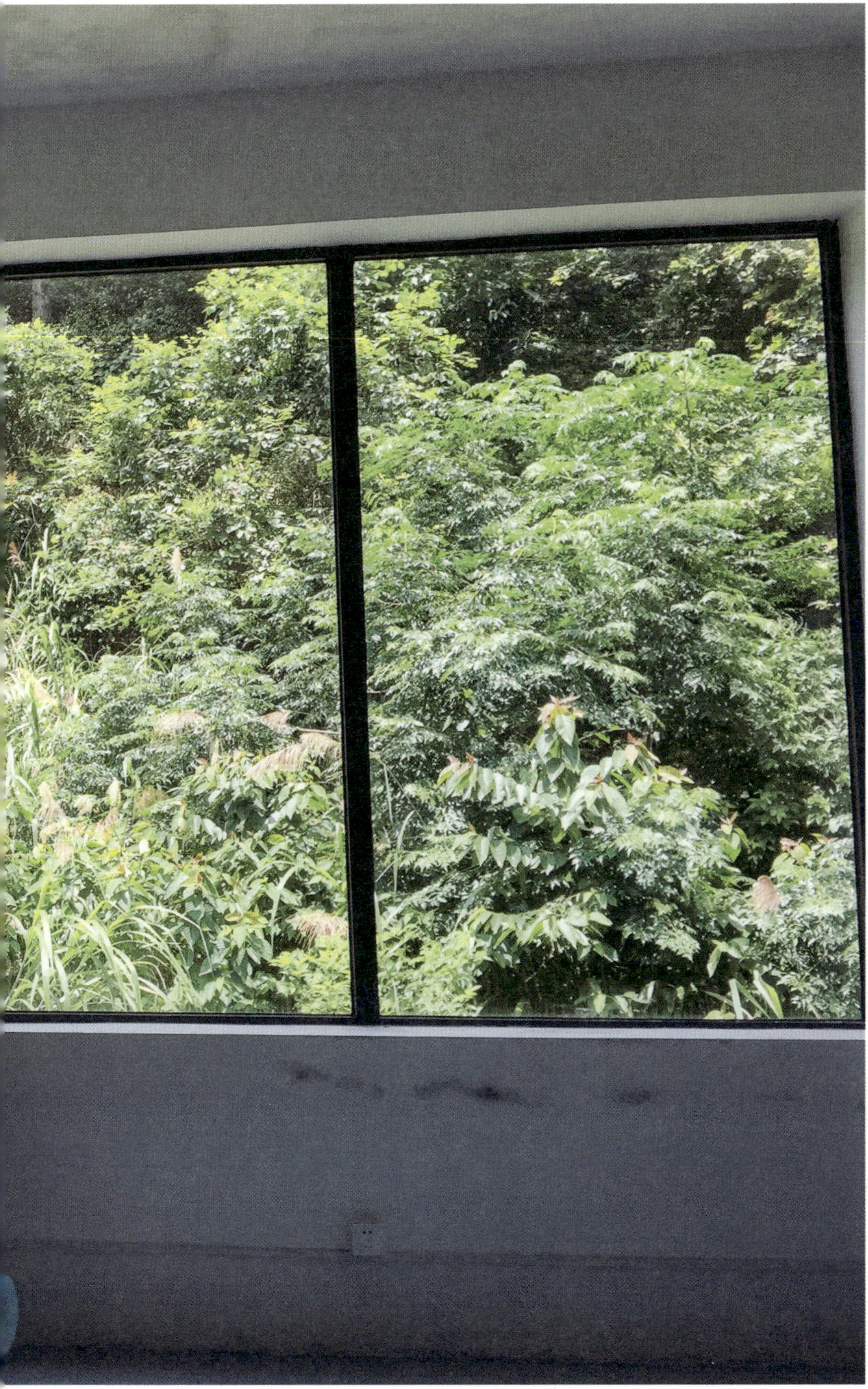

91 逍窑

2014年3月29日，星期六

青野斜对面一个破败的小屋正在翻建，属于青野的一部分，建成后做柴烧的窑房，摄影家肖全给它起名"逍窑"，我欢喜这个名字。"回首江南，看浪漫春光如海。向人间，到处逍遥，沧桑不改。"

小屋子贴着溪水，房后是几百年的水碓，周而复始地夯击瓷石，那声音夜静时如大鼓伴奏溪水或急或缓的行吟。诗人放下书,兀自在青野拉坯,修坯,立坯,作自然的器物,用手工表达对时间的尊重。又想在泥器里盛满花骨朵,烧出来将成什么样子?诗人玩泥巴借助火把物质转化成精神。

入冬,溪水澄冰,水碓不鼓。我和朋友们围坐逍窑柴烧,喝春天酿的百花酒,读我旧日的诗篇,烧烤些五谷杂粮,听柴火在窑洞里的批驳声,耐心守候一窑美妙的嬗变。

火渐熄,打开屋门,漫山遍野竟不知何时染雪。

92 逃逸之鱼

2014年4月1日,星期二

插一枝野山竹,沏一杯般若茶,子夜,侘寂的空间,光和影上演梦幻。

青野之外,秋虫呢喃,溪流边的处水碓有节奏地击鼓大地,天籁把夜色渲染得幽蓝。

人生若只如今夜该多么美妙。

我相信,内心平静的人,生活朴素。

身处这虚妄奢华的年代，我愿意做一条逃逸之鱼，不上流，不下流，相忘江湖。

　　在山水寻常的青野，我站着或坐着，面对一本书或不面对一本书。时间太长，生命太短，细细地品味，慢慢地活过。

　　新月如旧。心底响起那曲琵琶独奏：《彝族舞曲》。

93 主人是庭院的灵魂

2014年4月10日，星期四

园林是需要养的，养得好便有灵性，有情意，有鸟语花香，若不闻不问荒芜了它，则会杂草丛生，蛇鼠一窝。园丁尤其重要，最称职的园丁是园林的主人。

我是栖居青野的园丁。令我羞愧的是，园内石桌旁那棵费尽心力移栽如"了"字的松树真的死了。斜对面命名"逍窑"的屋子瓦盖一半被城管叫停，城管变成村管，可见"逍窑"并不逍遥。

下午打理庭院,把落叶和割下的草拢堆烧掉,草木灰撒在植物下做有机肥。夏天我不在没人浇水,命名为"茶石客"的松树枯萎成了舍利干。

每次远足回到青野,空间里的物事错位,感觉乱糟糟的。再三和学生们强调,可以带人来耍来喝茶、打滚儿、翻跟头,离开时必须照样还原,否则,建筑的内涵和气质不复存在。

好的庭园应该内外兼修,如庄子梦蝶,庄子在蝶的梦里,蝶在庄子的梦里。你中有我,我中有你的清梦。庭园的主人是庭园的灵魂,主人暂时离开,他将精神赋予庭园内外的物件草木上,每样东西待在它该待的地方,这种次序形成庭园的气场和气质。

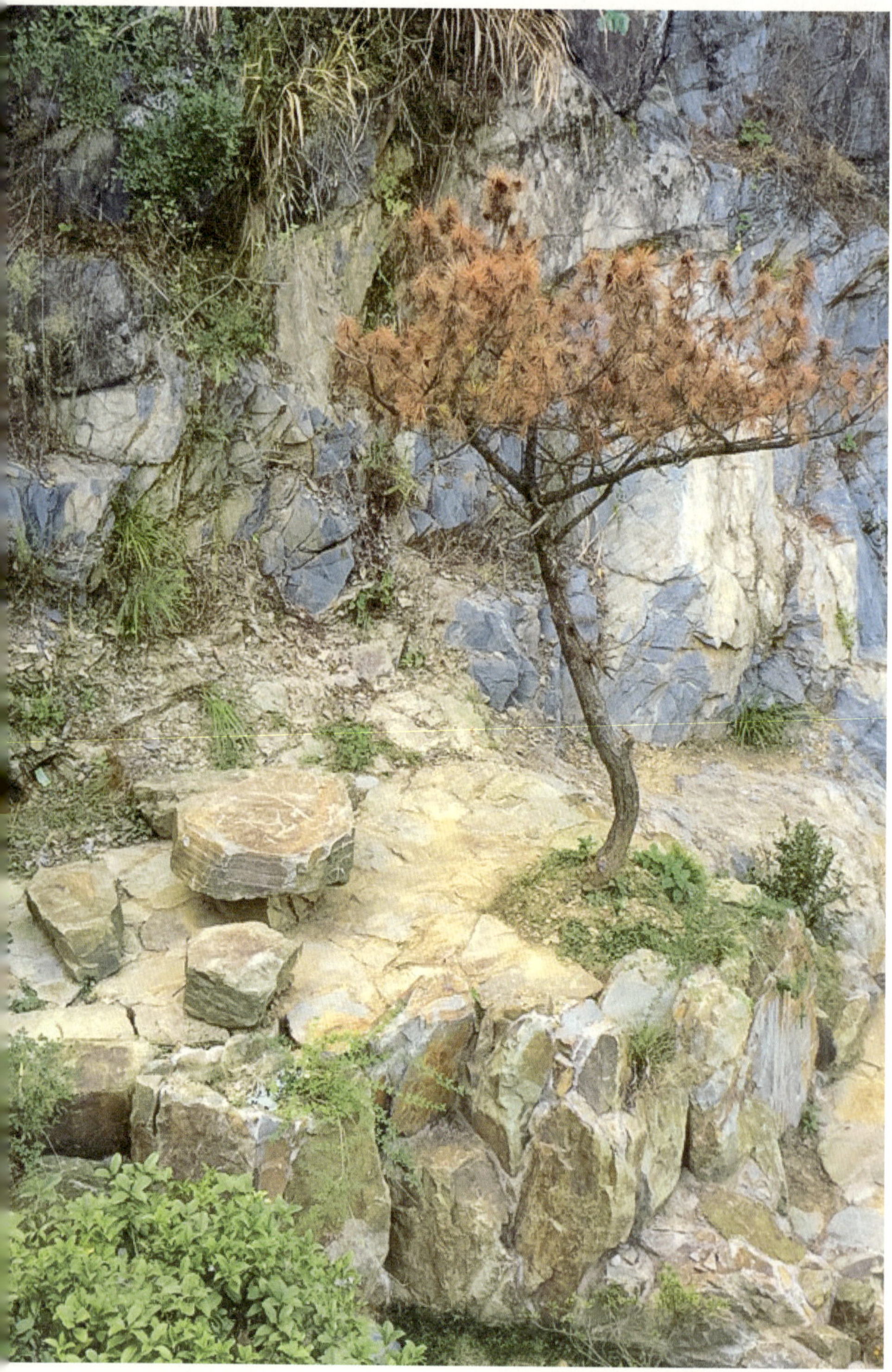

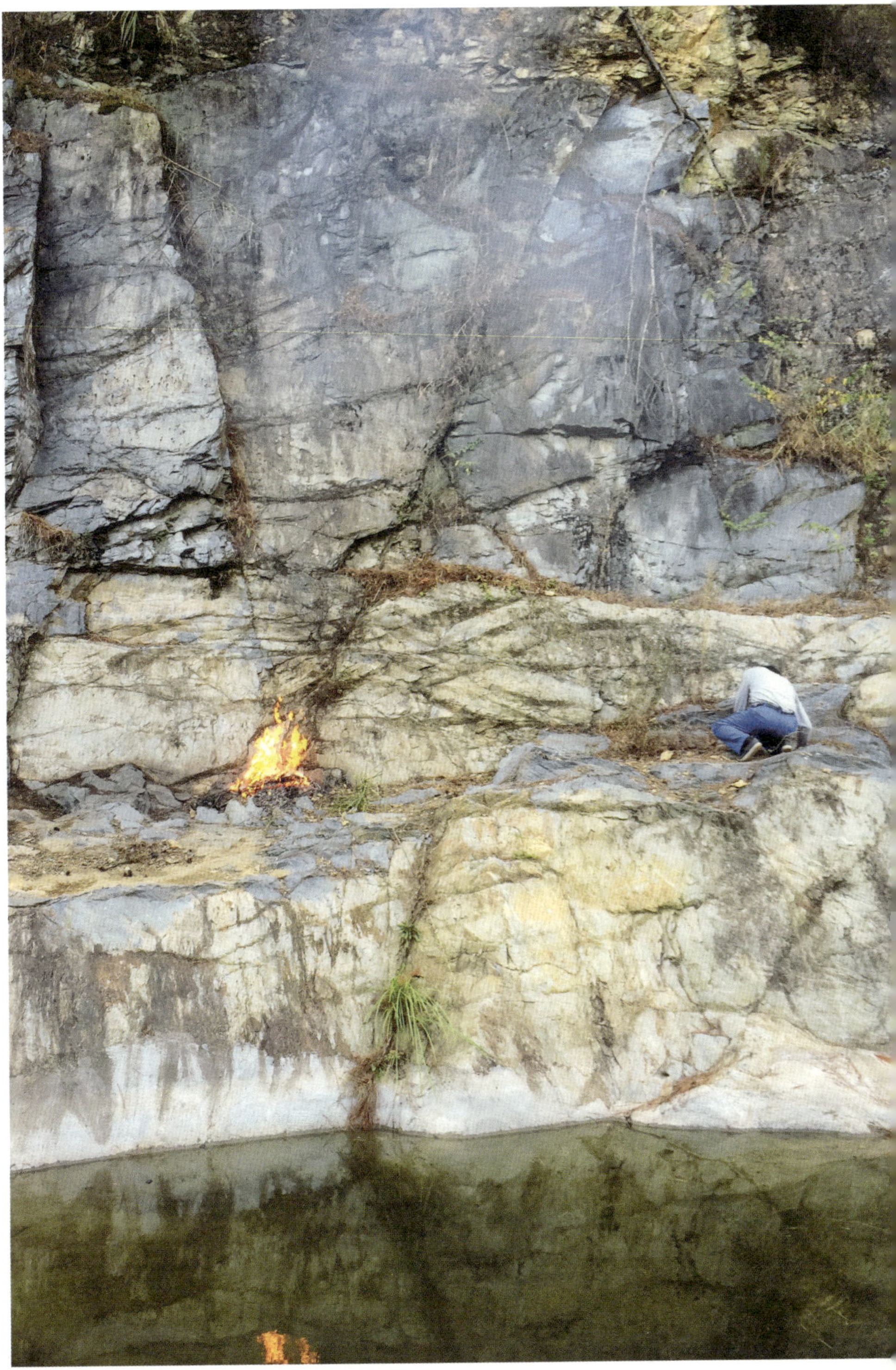

94　醉卧青野，心存明月

2014年4月11日，星期五

又要从青野出发，走之前约上老安、朱迪齐聚青花山庄，喝小酒，吃干道甫家的老妈菜。

春寒易醉酒，何故话兰花。

不知怎么聊青野山阴处可养兰花，也不知怎么提到我二十年前在朵云轩收藏王玉璋的八米兰花长卷，最后"呼儿将出"稀里糊涂地将她与干道甫"换美酒"了。阿干喜不自禁，举杯承诺观摩研习后以同样长度的瓷上兰花回馈。也对，过去青花又称蓝花。

又要从青野出发，走之前约上老安、朱迪齐聚青花山庄，喝小酒，吃干道甫家的老妈菜。

春寒易醉酒，何故话兰花。

不知怎么聊青野山阴处可养兰花，也不知怎么提到我二十年前在朵云轩收藏王玉璋的八米兰花长卷，最后"呼儿将出"稀里糊涂地将她与干道甫"换美酒"了。阿干喜不自禁，举杯承诺观摩研习后以同样长度的瓷上兰花回馈。也

95 趣味主义

2014年4月21日，星期一

有人问我："你信仰的是什么主义？"

我便答道："我信仰的是趣味主义。"

有人问我："你的人生观拿什么做根底？"

我便答道："拿趣味做根底。"

——梁启超

我眼里的梁启超是革命家+学者,他的人生观却是拿趣味做根底的,我对他的景仰何止高山仰止。

我半生交游天下,工农兵学商,江湖儿女,骚人墨客皆不论所在,不问出处,有趣味有癖好的人最可交。

明人张岱云:"人无癖不可与交,以其无深情也。"

人生若活得无趣味无癖好,那才是真可怜。

我这两年青野营造成癖，若用陈词总结，唯有"趣味"可当。

且说院子里铺路的青石板，是三伏天我开车去景德镇周边乡里淘来的旧石料，被百年来这个村里进进出出的人踏平了棱角。我把这些有人情世故的石板随意铺在庭院草坪上，从院子门通向青野的门，其间分一个岔道往悬崖池塘。

以前营造归园，总想着把几个哥们儿的好诗句以砖雕的方式铭刻上墙，环廊游园的客人偶尔驻足，诵读一份真意，现在可以落实到青野铺路石上。当年的遗憾得以弥补是人生幸事，也给青野打上时代的印迹。

联系散在各地的哥们儿，让他们手书自己的诗句寄来，这事最难，天晓得这些鸟人多么散懒拖沓，有的甚至找不到毛笔，用钢笔书写。

也罢，将他们的诗句和名字铭刻在铺路石上让人随意践踏，算是一种报复。录青野石板诗句，从里到外，依次如下：

仅我腐朽的一面

就够你享用一生

（万夏）

鸟叫虫鸣是动物信息

鸟鸣的空气是值得信赖的

（周墙）

我曾经与花平分秋色

一灿一烂

（马松）

终于见到梦中的情人懒得说声爱

已经是英雄懒得承认

（默默）

我所爱的女人们

正列队

去黄脸婆队伍里当兵

（李亚伟）

天上撒野，云端纵酒

归园做白日梦

蝴蝶飞过花丛，也是一生

（赵野）

任何看法不仅伤心

而且如花似玉

（马松）

这是夜痴

人落马幻

象美丽

（彭前程）

……

什么是好朋友，当你口中淡出鸟来，想到可以陪你推杯换盏的人就是了。那些可以用来做下酒菜的混蛋哥们，青野因有他们的踪迹、他们的诗句而妙趣横生，驻足的鸟儿、过往的蚂蚁是最熟络的读者和伙伴。

96 谁说渺小的栖居不是伟大建筑

2014年4月27日，星期日

中国的建筑学和中国其他艺术一样，断裂很久，确切说自晚清至今没有属于自己的建筑美学。

赶赴资本盛宴的建筑师忽略建筑和地域、民族、风土、人情的关系，空间和光线、空气、气味、色彩、感受的关系。他们用忽略践踏时间。这些建筑师从没有真正研究过土地山水和天空。他们认为在盖别人的房子，所以图纸结束，设计结束。

农民建屋是一生的大事，选址、盘算、实施，每个过程亲力亲为，丝毫不敢懈怠。我骨子里有农民意识，想随心所欲营造简单自然的青野 loft。

在村里找泥瓦匠，那些职业农民，他们是三宝的主人，最了解这片土地。农忙在田间地头，农闲出来干零活，他们的建筑经验通过盖自家房子和盖村里邻舍积累而成，其中能工巧匠成为工头，工钱并不多拿，只为享受统筹的快乐。

建筑是百姓建造，为百姓所用，应该为百姓所理解。建筑以人类的本能和生活中的经验为基础。

好建筑是自然生长的，建筑与土地及土地的主人密切相关。好建筑是意识流，而非哗众取宠的设计。

鸟窝有理念吗？

蚁穴有理念吗？

蜂巢有理念吗？

谁说渺小的栖居不是伟大建筑。

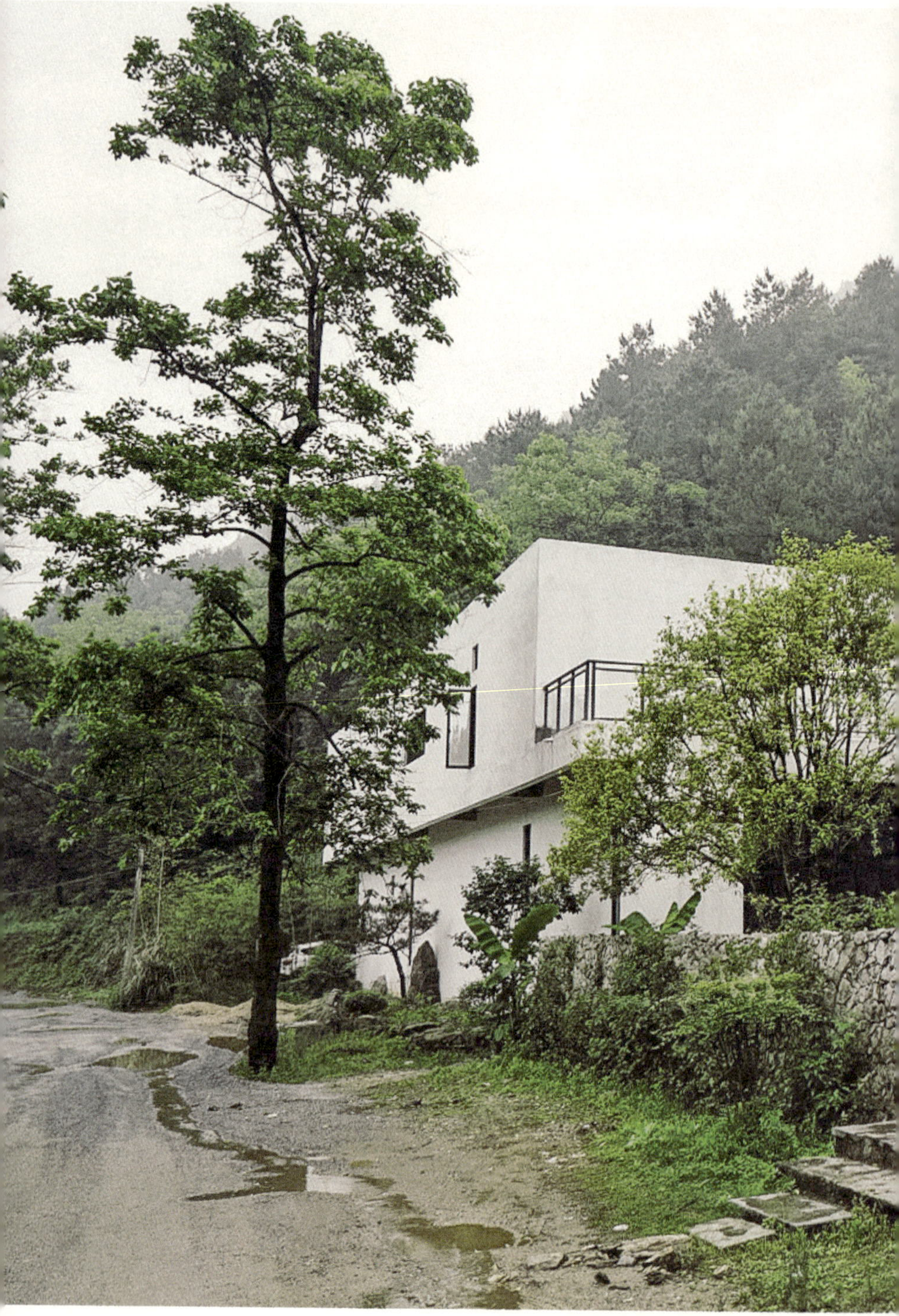

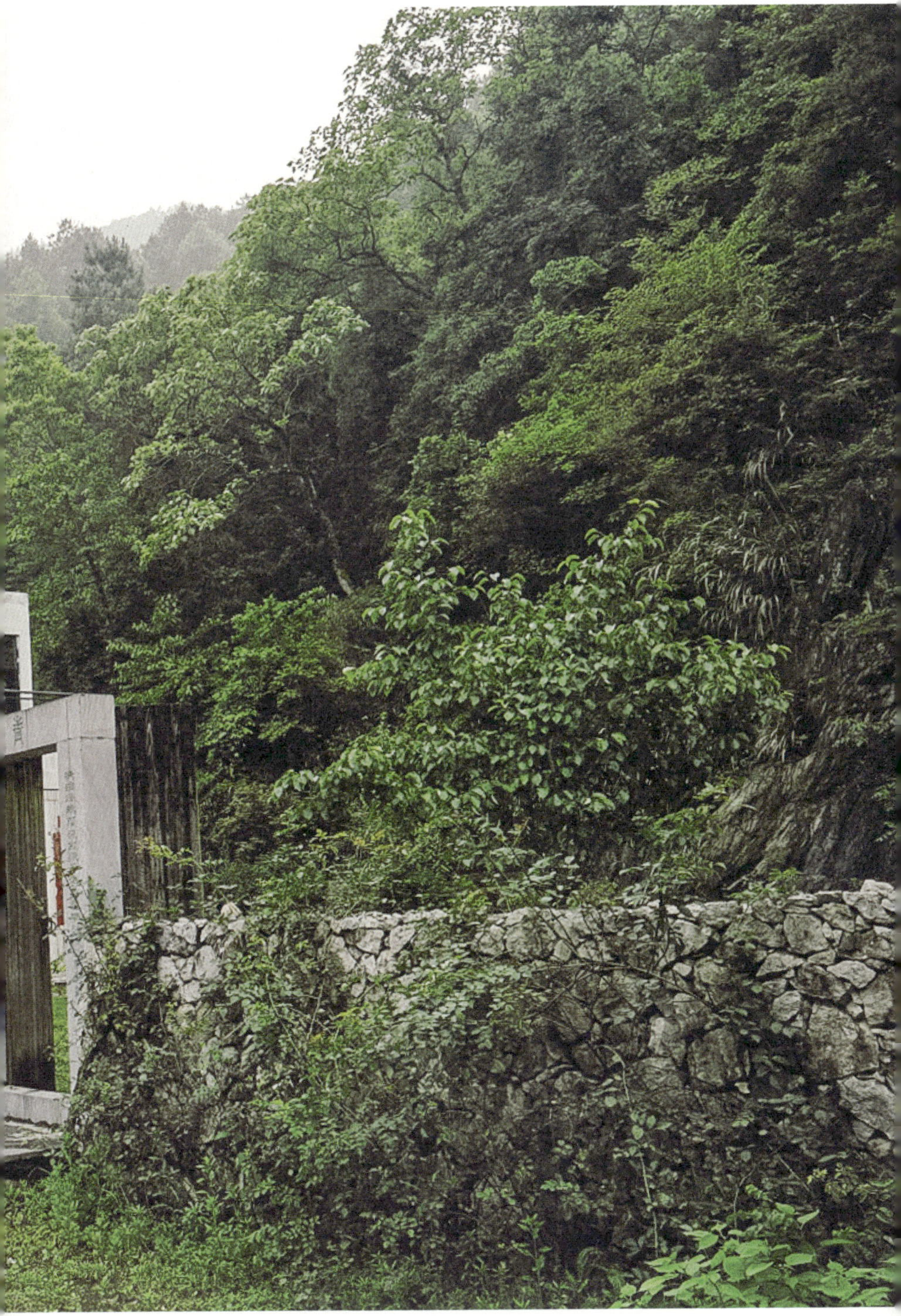

97 饮茶、清谈、晒太阳

2014年5月7日，星期三

2014年5月2日，我和妻在青野庭院开门迎来第一批好朋友：万夏和黄利、刘春和紫东、岳敏君和渝儿、干道甫和笑寒四对伉俪。

在青野饮茶、清谈、晒太阳。

青野的小日子开始了。

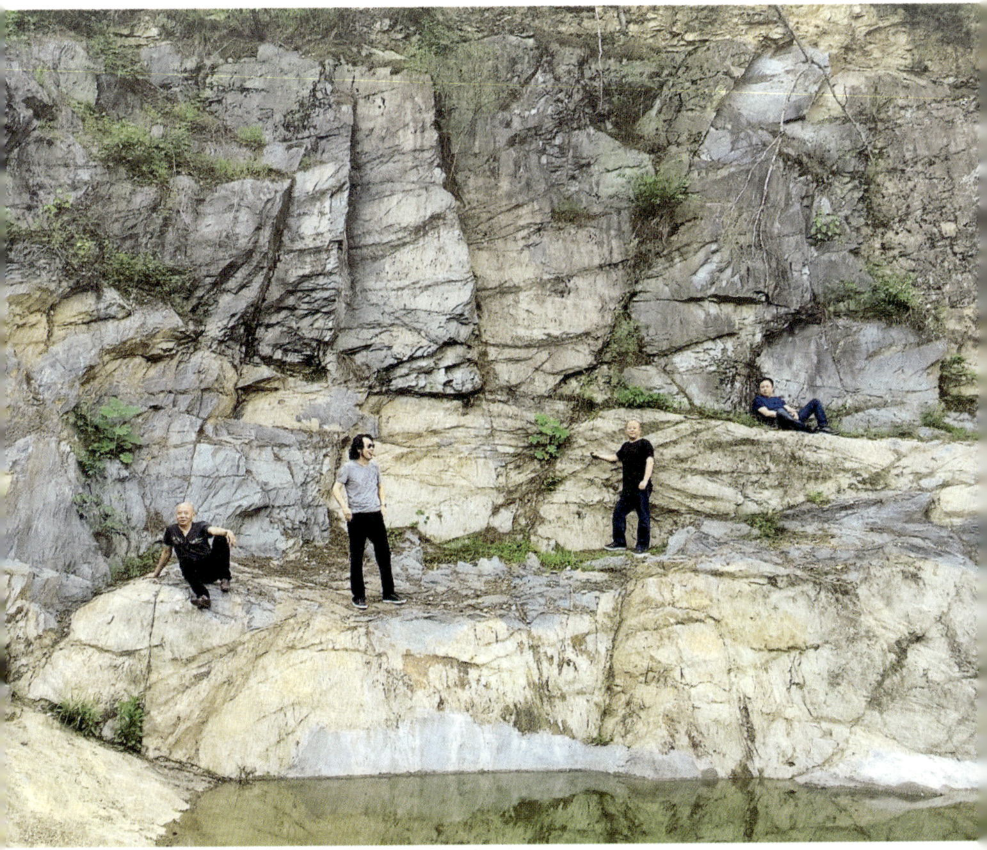

98 安静下来

2014年5月17日,星期六

2004年冰蓝公社成立,景德镇成为目的地,每次来去萍踪,喝酒,玩泥巴,打一枪,换个地方,没有根据地。

青野让我舒服,在这里读书、发呆、玩泥巴,远离城市,在阳光山谷里慢下来。二十年前南京搞民谣的兄弟韩老二写过一首歌:"安静下来,让我们听得到雪花在开,开在胸怀,朵朵像云彩。"

使我乐而忘返的是冰蓝公社兄弟们,还有在景德镇结识的一群少年，他们先后毕业于景德镇陶瓷学院。

少年里最先认识彭前程，这个在读大二的小子写诗，我对写诗的年轻人自然好感，像看到少年时的自己。

之后几年，前程像找到组织，跟随冰蓝公社兄弟混吃混喝，没学什么好。他平常殷勤好客，动手能力强，陶艺作品石山子很有古趣；不平常时失踪几天几夜昏睡，不吃不喝不醒。

在景德镇闲暇时曾点拨晚生李唯、郭峰为春山玉品创作粉彩茶器。李唯在油脂润滑的甜白釉茶盏上分别画青菜、萝卜对杯，烧成后色泽淡雅温润，气质独特，她的作品颇受茶客追捧；郭峰画山石，笔法细腻老道。

那时他们还是恋人，在工作台二端相对创作，亲密无间。

王晓林研究生毕业那年夏夜，阿诺带他来青野参加诗会认识，他生性木讷，举止腼腆，西北汉子的大块头心里却住着个情绪敏感的小女生。

晓林创作产量不高，作品里有饱满的情绪和左思右想的人文精神。有时候可能想多了，个性使然吧。

胡婷，花名胡了了。娴静少言颇有林下之风。她创作的陶瓷艺术作品在传统绘画和当代表现里自如切换。

在大学任教和工作室创作之间二点一线单摆，她还顺带读完博士，拿下颜色釉非遗传承人，获省部级奖项无数。

她的微信签名是："流水不争先，争的是涛涛不绝。"不知她是否听老子说过："水利万物而不争。"

这些年轻人一起成就了景德镇最有希望的艺术陶瓷品牌——春山玉品，他们给青野这个根据地带来新鲜的气息。

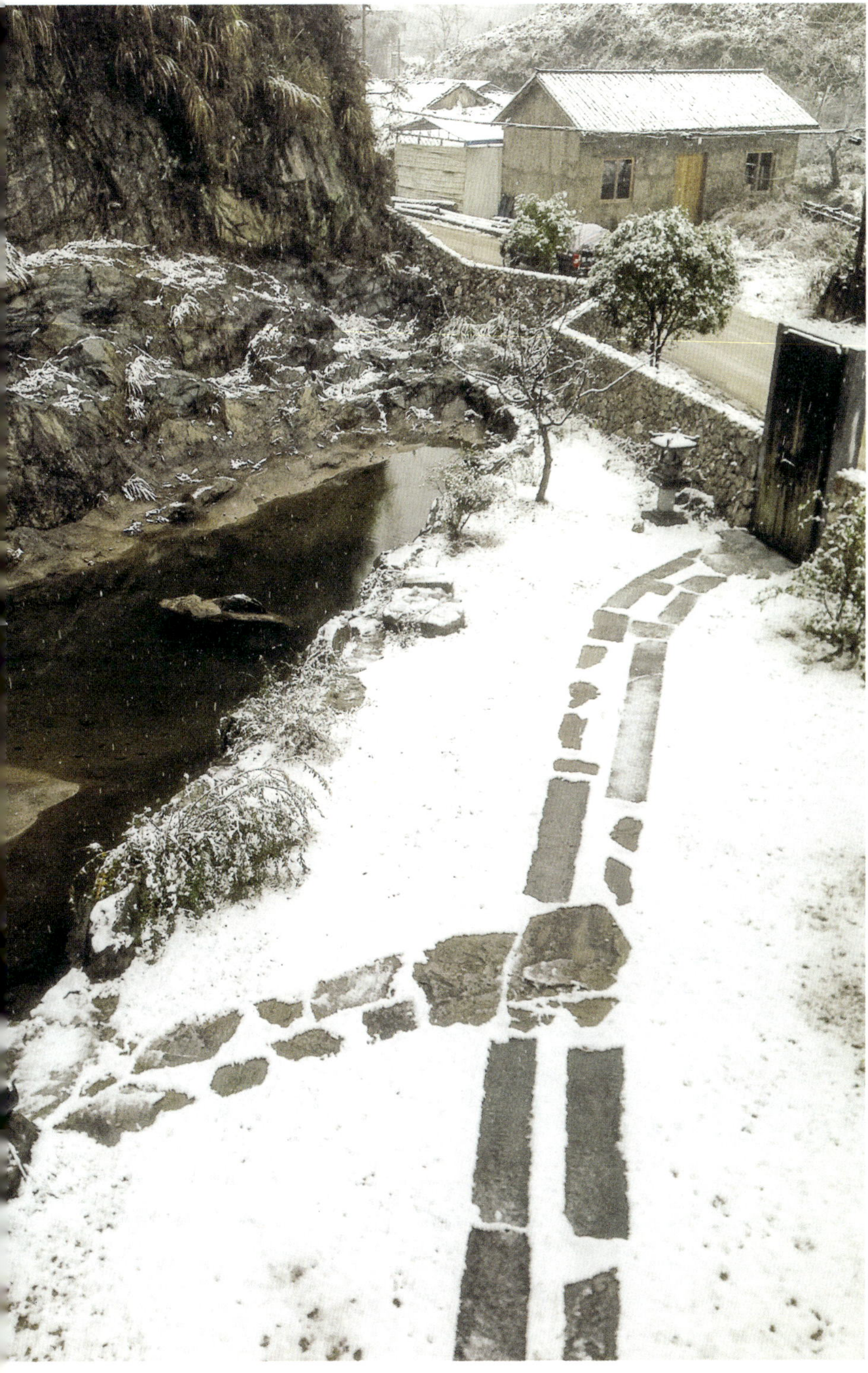

99 生命是野的，爱是野的，
青野是野的

2014年6月1日，星期日

营造三年的青野 loft 终于结束，我独自身处其中，倦鸟归林般的满足，内心却空旷寂寥，清梦之后终归是莫名的惆怅。

三十年前，我躺在庄周故里的草垛上，做过无数有彩蝶的梦，如今那些梦斑斑驳驳，一地碎玉，无论如何碎梦中找不到景德镇的影子，来景德镇前我对陶瓷的好感仅限于小时候吃饭的蓝边碗，它一日三餐伴随我长大。

青野是拙朴的园林建筑，我栖居的场所，如原住村民，原住花鸟虫鱼。外人看到青野是真实的空间，没有看见那部分是虚无和诗意。

每当傍晚，青野和我静静地呆着，不思，不语，不动，晚霞褪去，夜色渐临，鸟鸣的空气里流动芬芳。孤独的青野在简静的山谷里一点一点被夜拥抱。

青野，景德镇普通的一栋房子，我修养身心的驿站，它不说明什么，也不是我的归宿。

生命是野的。

爱是野的。

青野是野的。

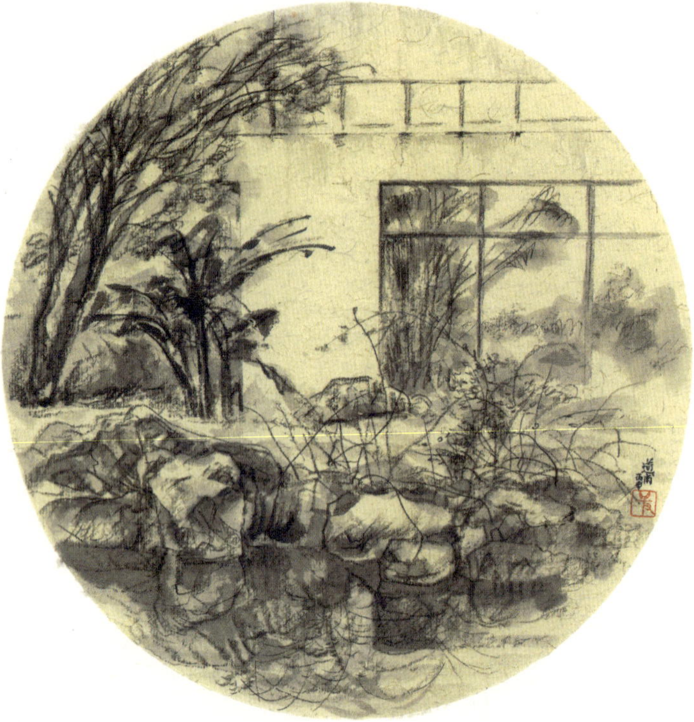